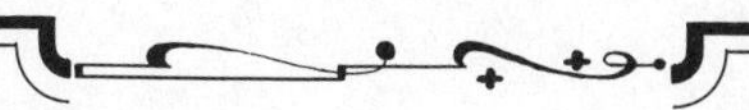

メディアワークス文庫

どうか、彼女が死にますように

喜友名トト

目　次

僕が、笑わせてみせるから

「君のことが好きなの。もしよかったら私と――」

毬谷夏希が彼女の告白を受けてまっさきに抱いた感情は、困ったな、というものだった。

彼女のことが嫌いというわけではない。綺麗な年上の女性だと思っている。今はバイト中だから、というわけでもない。たしかに、ここは夏希が働いているバーの前で、「CLOSE」のプレートを掛けに出てきたところではある。しかしマスターはすでに上がっているし、あとは夏希が閉店作業をするだけのタイミングだ。

「えっとー……」

「どうかな……？　毬谷くん……」

今日もメイクをバッチリ決めた彼女はこのバーの常連客の一人だ。さっき会計を済ませたあと、店の前で夏希が出てくるのを待っていたらしい。上目遣いの瞳は濡れている。女性にこのように想われるというのは名誉なことだし、幸せなことだとも思うが、だからと言って応じられるかどうかは別問題だ。

夏希はバーコートの襟もとのタイを締め直し、一度深呼吸してから答えた。

「すみません。すごく光栄なんですけど、僕、好きな人がいて」

女性にこんなことを言うのは気が引けるし、これを伝えたあとの女性の表情は夏希としても心苦しい。なにしろ、これは嘘だからだ。

「そ、そうなんだ……」

うわ、泣きそうになってる。そう感じつつも夏希は彼女に微笑みかけた。

「でも、桜子さんみたいな綺麗な人にそんなこと言ってもらえて、嬉しかったです！　こんなこと言うのも変かもしれないけど、桜子さんなら、僕なんかよりいい男が、いくらでもいますって！」

これは彼女へのフォローでもあるが、夏希の本心でもあった。実際、桜子はモテるし、そんな人に好意を向けられて嬉しくないはずがない。そしてそんな彼女はわざわざ自分のような年下の大学生に懸想するより、もっと建設的な相手がたくさんいるはずだ。

「毬谷くんは、いつも優しいね」

「そんなことないですよ。はは……」

などとやりとりすること数分。夏希は苦戦の末に、彼女を見送った。もう遅いから気を付けて帰ってくださいね、という言葉も優しく朗らかな笑顔で言えたと思う。

夏希は中断していた外での閉店作業を終えると再びバーの店内に戻った。

「……ふーっ……」

息をつき、心を落ち着ける。悪いことをしたな、という気持ちもあるが、ああいうことは仕方がないのだ。夏希は気を取り直して店内の清掃を始めた。床を掃き、カウンターを拭き、グラスを洗っていく。

と、その時、分厚い店のドアが開き、入ってきた者がいた。

一匹の黒猫である。黒猫は、みぃ、とだけ鳴いた。少なくとも、この場に夏希以外の人間がいればそう聞こえたはずだ。が、夏希は『みぃ』と重なる彼の言葉を聞くことができる。

「さっきの見てたぞ、ナツキ。色男だな！」

「ほっといて」

夏希は彼、名前はロコという黒猫に答える。ロコは、店の前に植わっている木の上で寝ていると思っていたが、実は起きていたらしい。

「あの人は前にボクにジャーキーをくれたことがあるんだ。少し心が痛んだぞ」

みー、みー。と言葉を続けてくるロコ。この黒猫は夏希が子どもの頃からの付き合いだが、たまに面倒くさい。

「しかし君はアレだな。年々モテるようになるな」

ロコが口にした言葉に、夏希は少しだけぎくりとした。たしかに、彼の言う通りだと思えたからだ。夏希は、子どもの頃のある時から、ずっと同じように周囲の人と接しているつもりだ。テンションは高めに、できるだけ優しく、できるだけ笑顔で。相手にも笑ってもらえるようにジョークを言ったり、ちょっとだけふざけてみたり。そういうふうに。小学生の頃は、それで周りのみんなは男女問わず笑ってくれた。しかし中学の途中くらいから、そのなかでも女性に好意を持たれることが増え始めたような気がする。高校時代のクラスメートや、大学の同級生、そして今日はバイト先のお客様。

贅沢(ぜいたく)な悩み、ということはわかっているが、それで困ることもある。ああして、誰かに哀(かな)しそうな顔を向けられるのは、好きじゃないから。

が、今はそうした話を黒猫とする気分ではなかった。

「入ってくるなよ。毛が落ちるじゃん」

「おっと、失礼。でももう帰る時間だぞ。ボクはお腹がすいた」

ロコは前脚を上げてそう訴えた。夏希がバイトに入っている間は、外をぶらついて寝ていただけのくせに、態度がデカい。

「早く帰ろう。今日はカリカリじゃなくて猫缶が食べたいぞボクは」

ロコの主張を受け、夏希は少し考えた。たしかに時間はもうかなり遅いし、夏希にしてみても明日は大学は一限から入っている。それに、今日はマスターが家庭の事情で早上がりをしていて、この店には今、自分とロコしかいない。

それなら、いいか。

「わかったよ。でも『掃除のヤツ』はひさしぶりだから、上手くいくかな」

夏希はロコに告げると、手順を思い出し、少しだけ集中して、それから。

片付け、と念じて軽く指を鳴らした。

瞬間、淡い光が夏希の指先から漏れ、その光を受けたバーカウンターが拭き清められたように輝き、シンクに入れてあったグラスもピカピカの状態で棚に戻っていた。思ったよりは、上手くいったようだ。

「むむ。ナツキ、床の掃除ができていないぞ！」

見れば、ロコの言う通り、効果が床まで及んでいない。

「やれやれ。現代の魔法使いのレベルは昔とは比べるべくもないな。奇跡を起こす者と言われた古の時代が懐かしいよ」

ロコはしたり顔でそんなことを言うが、そう言う彼は夏希が小学生の時に仔猫だったわけで、大昔のことなど知っているわけがないと夏希もわかっている。だから適当に答える。

「いいじゃん、今はもっと便利なものがあるんだしさ」

夏希は店内の片隅に設置してあるルンバを指さした。

「それはなんかこう……、即物的過ぎて神秘的な美しさにかけるぞ！　魔法使いというのはだな……！」

「はいはい」

ロコの主張を無視し、ルンバのスイッチを入れる。これで床の掃除はＯＫだ。

魔法なんて、こんなものだ、と夏希は思っている。そりゃ今みたいに多少は便利なこともあるが、そうたいしたものじゃない。喉が渇けば自動販売機で飲み物を買えばいいわけだし、洗濯をしたければ洗濯機がある。水を生み出す魔法や、衣を清める魔法を習得するよりはるかに簡単だ。そうした普通の手段を使っていれば、他の誰かに気味悪がられることも、ない。

「帰るよ、ロコ」

夏希は戸締りを済ませると、ロコをリュックに詰め込んだ。バッグから顔だけ出したままのロコを連れて店を出て、近くに止めてあった自転車(マウンテンバイク)に跨(またが)る。走り出すと、ロコは喋(しゃべ)らなくなった。さすが猫だけあって眠りにつくのが早い。

「魔法使い……ねぇ」

自転車を漕(こ)ぐ夏希は、ロコに言われたことを思い出し、一人呟(つぶや)いてみた。

毬谷夏希は半人前の魔法使いである。そして一人前になることはない。それは家庭の事情に起因することであり、この現代社会と夏希の価値観によって決まっている未来だ。そしてそれは揺らぐことはない。二十歳の春、大学二年生の毬谷夏希は、そう思っていた。

※※

夏希の生活圏はいわゆる湘南(しょうなん)、というエリアになる。大学も、アパートも、そしてバイト先であるバー、『ボーディーズ』もその範囲内に含まれる。

ボーディーズは少し歩けば江(え)ノ電(でん)の線路が見られる海沿いに位置しており、帰り道の夏希は、横目で海を見るのが好きだった。

それは今日も同じだ。熟睡している黒猫入りのリュックを背負ったまま自転車を走らせ、海沿いの道を行く。時間が遅いため、街の喧騒（けんそう）は消えていて、穏やかな波の音だけが聞こえてくる。不思議と無音よりも静かに感じる夜の海。

海と言えば青空とセットで語られることが多い陽気なものだけど、星明かりだけが照らす夜も、悪くない。夏希はそう考えていた。

だから、だろうか。夏希はそれに気が付いた。危なくない程度に海側に視線を向けていた夏希は、砂浜に奇妙な影を見つけたのだ。自転車を止め、目を凝らしてみる。

「……？　え、あれって」

影、と表現したそれは、注意してみると一目瞭然のものだった。

あれは、人だ。

小柄な誰かが、砂浜に倒れている。その横にはカメラの三脚のようなものが立てられているのが見えるが、あれはいったいどういう状況なのだろう。

夏希は、ロコを起こして意見を聞こうかとも思ったが、それはやめておいた。他にも近くに人がいるかもしれないし、そうだとしたら猫に話しかける怪しい男になってしまう。ただ、見過ごして帰るわけにもいかない気がした。

止めた自転車のハンドルにリュックをかけた夏希は、手をついてガードレールを飛び越えて階段を下り、砂浜に下りる。近づいていくと、倒れているのが女の子だとうことがわかった。こんな夜中に、女の子が一人でいるだけでも危ないのに、しかも無防備に倒れている。病気やケガで意識を失っているのかもしれないし、それなら救急車を呼ぶ必要がある。

夏希は足場の悪い砂浜を駆け、女の子のすぐそばまでやってきた。

「ねえ、君……！」

声をかけるが返事はない。肩に手をやってみても無反応だ。一瞬、本気で焦った夏希だったが、間近の彼女の様子を見て、ほっと息をついた。

「……寝てる……？」

白のワンピース姿の彼女は、静かな寝息を立てていた。苦しそうではないし、怪我もしていない、海水で濡れてもいない。その寝顔は、むしろ安らかだ。

また、同時に気付いたが、夏希はこの女の子のことを知っていた。あくまでも、見かけたことがある、という程度ではあるが。

亜麻色に近いサラサラの髪、陶器のように滑らかで白い肌、細い首や肩、華奢な体格。眠っていて目を閉じている今もすぐにわかるくらい綺麗な女の子で、まるで人形のようだ。だが夏希が彼女のことを知っていたのは、その容姿によるものではない。ぼっち女、毒舌ロボ、不思議ちゃん、絶対誰とも関わらないマン。彼女は、夏希の通っている大学でそんなふうに呼ばれている同級生だった。たしかに彼女は大学ではある意味目立つ存在で、そのため顔は知っていたが名前までは知らない。

「……んー……。むにゃ……」

そんな彼女は、やっぱり眠っている。子どものような寝顔だ。ただ、こんな時間にこんなところで女の子が寝ているのはやはり心配になってくる。

「ねえ、君。こんなところで寝てたら危ないよ」

ゆさゆさ、と彼女の肩をゆすってみる。夜の砂浜なわけだし、傍（はた）から見れば、倒れている女の子にいかがわしいことをしている男に間違われるのではないかとも思えたが仕方がない。

女の子に声をかけること数回。ようやく、彼女は目をあけた。大きな目は少しだけつり目で、どこか猫のような印象を受ける。ただし人に懐かないタイプの。

「……？　あなた……、なに？」

目が覚めたらしい彼女は夏希をじっと見つめ、澄んだ声で答えた。そしてその声には、感情の色がない。表情もなく、瞳はビー玉のように綺麗で、透明だった。

目覚めた瞬間は少しだけ驚いたように見えたが、今は警戒した様子もない。彼女からすれば、寝て起きたら見知らぬ男がすぐ近くにいたという状況のはずで、たとえば少し怯えるとか、あるいは逆に笑って誤魔化すとか、そういう感情表現があって当然な状況であると思う。

なのに、彼女の表情には感情がなく、どこまでも透明だった。星と月の明かりが照らす夜の砂浜のせいか、彼女はまるで神秘的な存在であるかのように思えた。

一瞬だけ、言葉に詰まってしまう。

「……あー、えっと、驚かせてゴメン。そこ通りかかったら君が倒れてるみたいだったから。びっくりしたよー。ってか、大丈夫？」

じっとこちらの目を見つめてくる彼女に、夏希はいつものように笑いかけた。夏希は自覚しているが、人当たりの良い方だし友人も多い。だから、この彼女とも問題なく話すことができる。そう思っていた。

「あ、ごめん。僕は別に怪しい奴じゃないよ。湘文の学生で……」

湘南文化大学、略して湘文。彼女もそこの学生のはずだ。

「知ってる」

彼女は短く夏希に答えた。

「私、あなたのこと知ってる」

　名前を知らないその彼女は、夏希の瞳を見つめて、変わらず無感情な声で告げた。日常生活の中で、真顔や無表情な人と目が合うことは少ない。たいていは、笑っていたり、なんらかの表情があるものだ。だから、夏希はつい目をそらした。

「そうなんだ。君も同じ大学だよね。まあ、お互い見かけたことくらい……」

　当たり障りのない返事をして、夏希は微笑んでみせた。

　そう言えば、夏希は去年、学祭で行っているミスターなんとかみたいな人気投票で表彰されたことがあったので、それで知っているのかもしれない。なんてことを思う。もしそう言われたら、あれは仲間内の悪ふざけなんだよ、とジョーク交じりに答えよう。そんなことを思った。が、彼女の次の言葉は予想とは違っていた。

「いつも、みんなとヘラヘラしてる人」

　ずきり。そんな音が聴こえた気がした。

　彼女の声は、非難するようでも、侮蔑するようなニュアンスでもなかった。ただ、事実を言っている。そんな声だ。

　そしてそれは間違ってはいないと夏希は思う。夏希は人には笑顔で接するようにしているし、誰かが笑ってくれるのも好きだ。だから、結果として楽しい人付き合いができているはずだ。ヘラヘラ、と言うと少し軽薄そうかもしれないが、ニコニコでも同じような意味のはずだし、それは悪いことではない。なのに。

何故だろう。笑わない彼女に言われたその言葉は、夏希の深く柔らかいところに、妙に響いた。その理由は、夏希にはわからない。

「あ、えーっと、そうだね。そうかも。あはは」

あはは、と笑いかけた時、相手が笑わないでいると気まずい。夏希はそれを初めて知った。

「もう起きたから」

彼女は体を起こし、ワンピースについた砂を払った。

「え？」

「もう起きた。だから、大丈夫」

遅れて、夏希は彼女の言っていることを理解した。こんなところで寝てると危ない、と言われたから、もう起きているので問題ない、と言っているのだろう。

「や、でも、こんな時間だしさぁ。……ってか、なにしてたの？」

「星」

「ほし？」

もはや彼女は夏希を見ていなかった。ただ、空を見上げている。そう言えば、さっきカメラの三脚だと思ったものは天体望遠鏡だ。また、彼女が言っていることを遅れて理解した。彼女は天体観測のためにこんな時間にこんな場所にいて、だけど眠りこんでしまっていた、ということらしい。

「ああ、星。天体観測が好きなんだ？」

あくまで世間話としてそう問いかけた夏希。彼女はもう一度こちらに目を向けた。まっすぐな瞳は、それこそ夜空に輝いているものの一つのように見える。

「うん、好き」

星のことが、という意味だということはわかる。だが、夏希は自身の鼓動がわずかに速まったのを感じた。

恋の告白と勘違いしたからではない。端的に発せられたその単語からは、感情の色が見えた。ひたすら無表情で透明な女の子から、初めて感じられたそれが、夏希の内心にさざ波を立てた。

「へ、へー……」

夏希は相槌を打ったが、女の子は会話を続けはしなかった。とくに拒まれているような気配もないが、さりとて無言で立ち尽くしているのは決まりが悪い。

車道の方から、猫の鳴き声が聞こえた。ロコだ。早く帰ろう、と言っている。

となると、夏希としてはここにいる理由がない。だが、なんとなく去りがたい。

この女の子は、どんな時に笑うんだろう。どんなふうに笑うんだろう。

ふと、そんなことが気になった。

たとえば、子どもの頃のように魔法を披露したら、彼女はどんな表情をするだろう。

そうも思った。そんな自分に驚く。

この状況でなにか面白いことができる魔法は使えないし、そもそも自分は人前で魔法を使うのは避けてきたはずなのに。

少し考えて、夏希は結局その場を去ることにした。女の子は、そんな夏希の方に視線を向ける。

「行くの?」

囁(ささや)くような彼女の声色は、まるで夏希を引き留めたがっているようにも聞こえたが、そんなはずはない、と思い直す。なにしろ彼女は、誰とも関わらないことで有名な人で、かつ夏希は彼女の天体観測を邪魔しているからだ。

「あー、うん」

「そう」

「なんかゴメン、驚かせちゃって」

「別に、いい」

短いやりとりが終わると、彼女はふいと夏希から視線をそらし、天体望遠鏡をのぞき始めた。夏希はじゃあ、と口にして彼女に背を向けて歩き始める。

が、その途中で振り返った。半ば無意識だった。

「あのさ、僕、毬谷夏希。よかったら、君の名前、教えてくれない？」

あとから思い出しても、夏希はその時どうして自分が彼女にそう言ったのかはっきりわからない。意地のようなものか、それともこの時から、自分は彼女に特別な感情を抱いていたのか、あるいはただの興味本位なのか。

だが幸いなことに、彼女は一度だけ天体望遠鏡から視線を外し、振り返った。

「なんでそんなこと聞くの？」

「いや、なんでって言うか……なんでだろう。知りたいから？……なんて」

笑って誤魔化す夏希。と言うか、この女の子の前ではたいていの人は笑って誤魔化すことしかできなくて、でもそれが通じなくて気まずい思いをするほかない気がする。

しばし沈黙が下りて、夏希が諦めようとしたその時。

「初美（はつみ）更紗（さらさ）」

彼女は、更紗はごく小さく、でもよく通る耳に心地よい声で答えた。

同時に、彼女の背景に、一筋の流星がきらめく。

夜の浜辺も、その空に流れた星も、はつみさらさという流れるような語感も、彼女にとても似合っている気がした。

これが、毬谷夏希と初美更紗の出会い。


これは、毬谷夏希が、初美更紗を、けっして笑わない女の子を殺すまでの物語だ。

※※

ちょっと不思議な出会いがあった翌日も、日常は続く。

夏希は昨夜の出来事のために少し睡眠不足を抱えたまま大学に到着した。駐輪場に自転車を止めて腕時計を見ると予想より早く到着している。寝坊をした分を取り返すべく、寝癖を直す時間をカットしたのが原因だろう。

あんなに焦らなくても大丈夫だった。まだ家で寝ているであろうロコが羨ましい。ちらりとそう思いもするが、余裕があるのはいいことだ。

ここ湘南文化大学はキャンパス自体が広く、あちこちに植わっている樹木も美しい。公園のような雰囲気のある場所だ。春の朝、木洩れ日のなかキャンパスを散歩すると思えば清々しいし、それはここの学生の特権だとも言えるかもしれない。

夏希は駐輪場から出ると、駐車場を横切るようにして法文学部棟へ向かって歩き始めた。駐車場に止まっている車のピカピカの車体による反射で、寝癖が思ったより激しいことに気付く。イギリス人の祖母から譲り受けた栗色のくせ毛が、爆発状態にある。しかし直さない。

「あれ？　毬谷くんだ。おはよー！」

「今日は早いんだねー？　えらいえらい！」

キャンパス中央を突っ切る途中、同級生の女の子たちに声をかけられる。夏希は普段は遅刻ギリギリに講義室に駆けこむことが多い。別に早起きが苦手なわけではないのだが、焦ってやってきて息を弾ませながら着席したり、それを教授に軽く窘められた際に教室に一笑い起きたりするので、あえてその習慣を変えていない。

「おはよ。目覚まし時計を三個犠牲にしたんだよ。すごくない？　一限ギリギリじゃないなんてマジ大人！」

夏希は軽い口調でそうおどけてみせた。本気で言っているのかジョークなのか判別しづらいくらいにするのがポイントだ。

「……ぷっ、いやそれわりとフツーだから！　目覚まし三個も使わないよー」

「って言うか寝癖すごいことになってるよー？　全然大人じゃないってそれ！　あははは！　なんか可愛いし、撮ってもいい？」

彼女たちはころころと笑った。その表情や声は柔らかく、穏やかだ。

「え、マジで？　やばい直してくる。待って、スマホ出すのやめて！」

そう言って笑顔の彼女たちに背を向けて駆け出し、トイレに寄り、今度は寝癖を直す。直していると、顔見知りの上級生がたまたま入ってきた。

「おー、毬谷。なに、一限あんの？」

「はい。社会学です。マジで一限に必修入れるのやめてほしいんですけどねー」

夏希は髪を整えると、先輩に並んで小便器の前に立った。本当は一つ間をあけたいところだが、ここのトイレは小便器が二つしかないのでしょうがない。

「はっは、まあわかるわー。飲んだ翌日とかぜってーサボりたくなるよなぁ」

「ですねー」

「そういや、今度また湘女の子たちと飲み会あるけど、来るか？」

男子トイレで小用を足しながらするのに相応しく下世話な話題である。なお、湘女、とは近隣にある湘南フェイリス女子音大のことで、美人女子大生が多いと評判の大学だ。

「行きます！」

「お前必死すぎだろ」

「当たり前じゃないですか！　前回、やらかした感があるので、次こそは誰かと連絡先交換しますよ俺は！　必死にもなりますよ！」

「うひゃひゃっ、わかったわかった。お前イケメンのくせにモテねぇよなぁ。んじゃまた連絡するわ」

先に用を済ませた先輩は、愉快そうに手を振ってトイレを出た。どうでもいいが先輩は手を洗っていないような気がする。

「しかし、合コン好きだなぁ、あの人も」

一人そう呟く夏希。夏希は、この女好きの先輩に誘われて何度か合コンに参加したことがある。夏希は基本的に人の誘いを断らないのだ。

しかし、通常は主目的であるはずの『女の子との出会い』という意味でなんらかの進展を見たことはない。

バカなことを言って会話を盛り上げ、つまらなそうにしている女の子がいればフォローし、先輩のボケにはツッコんで笑いを取り、しかし女の子と親しくなったりはしない。目論見通りに、そうしている。

大切なのは新しく出会った女の子と連絡先を交換することではなく、その場にいる人たちが楽しそうにしていることだ。でもそれはあえて口に出すことではない。きっと聞いた方はつまらないから。

夏希のほうは手を洗ってトイレを後にした。寝癖の件も合コンの件も、もし、今日はたまたまいないロコに近くで聞かれていていたら呆れられてしまうだろうし、冷ややかな視線を受けるだろう。いつものことだ。しかし夏希は、自分はそういうヤツだしそれでいいと思っている。誰にも迷惑をかけていない。

トイレから出た夏希は講義室に到着するまでの間、三人の知人を笑わせ、講義室では隣の席に座った知らない男子学生と知人になった。

毬谷夏希の日常は、そういうものだった。

※※

午前中の講義を終えた夏希は、学科の友人たちからランチの誘いを受けるより早く講義室を出て、一人で学食へと向かった。これは夏希にしては珍しいことで、どうしてそうしたのかと問われれば、昨日のことが気になっていたから、という答えになるだろう。実は、講義室へ移動する時も同じ理由でいつもよりキョロキョロしていた。湘文には学食が二つあるが、夏希が訪れたのは北学食ではなく中央学食のほうだ。昼時の学食は、いつも通り混雑していた。そんななか、夏希は注文するメニューを決める前に学食全体を見渡してみる。そこには。

「……いた」

今ちょうど窓際の席に座った女の子。昨日浜辺で会って、その時に名前を知った初美更紗、という女の子だ。夏希は、今朝から彼女の姿を探していたのだ。

確信があったわけではないが、彼女がそこにいたのは夏希の予想通りである。と、いうのも、同じ光景を何度か見たことがあったからだ。彼女は、よくそこで食事を取っている。いつも、一人で。

学生たちは、たいていの場合数人の仲の良いグループで同じテーブルで昼食を取ることが多い。だから、この混雑した学食のなかで、対面も隣も空席でいる彼女は目立っていた。ガヤガヤと騒がしい空間で、彼女の周りだけが静謐（せいひつ）に見えた。まるで、熱帯の土地に湧いている泉のように。もちろん、実際にそんなことはあり得ないことは夏希にもわかっているが、ただ、そう感じた。

夏希自身、僕はどうしたんだろう。と思わなくもない。こんなふうに誰かを気にかけて、わざわざ探すなんて初めてのことだ。それにそもそも、彼女を探してどうしようっていうんだ。

初美は隣のテーブルでバカ騒ぎしているグループも、少し離れたテーブルの女子グループから指をさされてヒソヒソとなにか話されていることも、なにも気にならないようだった。手を合わせて、おそらく、いただきますと口にして、そのあとは黙々と食べている。いわゆる「ぼっちメシ」というヤツである。

こんな言葉が生まれるくらいには、一人で食事をすることが恥ずかしいと感じるのが高校生や大学生というものだ。夏希にしてみても、もっと幼い頃、みんなに気持ち悪がられ、無視をされていたあの頃は一人で給食を食べるのは好きではなかった。

しかし彼女はそんなことを気にしないのかもしれない。その様子は、夏希にある種の気高さを感じさせた。

ただ、そんな初美の肩はとても小さく見えた。

「えーっと……」

少し考えた夏希だったが、お互い自己紹介もしたわけだし、別に挨拶するくらいのことは問題ないはずだ、と思い直す。それに実際問題として、彼女の周り以外の空席を探すのは骨が折れそうだ。

夏希は注文の列に並び、最速で出てくるカレーを頼むとトレイを持って初美の席に近づいた。

「ここ、座ってもいい？」

声をかけた夏希に、初美が顔を上げた。大きな瞳と、長い睫毛(まつげ)、ぷっくりとした唇、こうして明るいところで見ると彼女は思ったより少しだけ童顔で、思っていたよりかなり綺麗だ。

初美は、何を言われたのかわからなかったのか、一瞬きょとんとした表情を見せて、それから周りをフルフルと見渡し、それからようやくこくん、と頷(うなず)いた。どことなく、小動物を思わせる動きだ。

「ん」

多分、うん、と言ったのだろうと理解した夏希は努めて笑顔で答えた。

「ありがと」

初美が手をかざした向かいの席に腰かける夏希。見ると、彼女が食べているのは焼き魚定食だった。骨を器用に外す食べ方が美しい。

夏希は話しかけたつもりだったが、初美は無反応だった。怯みそうになった夏希だが、彼女は意図的に無視をしているわけではない気がして、だから再度声をかけた。できるだけ爽やかな表情と明るい声で、だ。

「初美さん」

少し遅れて、初美はトレイから夏希へ視線を向ける。やっぱり、話しかけられたと思っていなかったらしい。

「あ、……何か、用？」

やたらとまっすぐに目を見つめてくる彼女にそう尋ねられると困る。別に用事はないのだ。親しくなりたいとか、彼女に好かれたいとか、そんなレベルの用事すらない。強いて言えば、話がしてみたかった、気になったから、というだけだ。

いつも一人でいて、そのことで周りから陰口をたたかれ、それでも感情を見せず、夜の星空を見ているうちにビーチで眠ってしまう女の子。そんな人物は夏希の人生遍歴にはいなかったし、だから、気になる。この人はいったいどういう人なんだろう。

しかしそれをそのまま伝えると語弊があるような気がする。通常、男性が女性に『気になっていて、話しかけたかった』という背景には恋愛感情があるとされるもの

「昨日はさ……」

だ。

「用ってわけじゃないけど……、あ、そうだ。僕のこと覚えてる？」

「覚えてる。毬谷夏希」

彼女の言葉に、夏希は少し安心した。いつもヘラヘラしてる人、よりはだいぶマシだ。しかし会話はそれで終わりとなり、初美は焼き魚の解体作業を続けるべく俯いた。

しかし数秒後、夏希は会話をリスタートさせるべく、微笑んでみせる。

「ふ、フルネームなんだね。夏希でいいよ」

「わかった、夏希。なに？」

「何ってことはないけど……。あ、それ美味しい？」

繰り返される要件伺いに、夏希はとっさにどうでもいい話題を振った。と言うか、夏希もその焼き魚定食が美味しくないことは知っている。湘文の学食は安さだけが売りなのである。夏希が注文したカレーは『カレー味のタレがかかった具無しライス』と揶揄されている一品である。

しくじった。夏希はそう思ったが、初美は何故か顎に手を当てた。わかりづらいが、思案している表情にも見える。多分、深く考えこんでいる。しばらくして、ようやく回答が出たらしい彼女は、顔を上げた。

「……おいしく、ないと思う」

「そ、そうなんだ。だよねー、学食だしねー」

「ん」

乾いた笑いに、一言どころか一音の相槌。これで会話終わり。二十秒ぶり二回目だ。初美は美味しくない焼き魚をもぐもぐさせており、二人の間に、白けた空気が流れた。とは言え、その空気を気にしているのは夏希だけである。

夏希はふと思った。もしこの焼き魚が、どこかの一流料亭の花板が焼いたとても美味しいものだったとしたら、彼女は美味しそうに微笑むのだろうか。どうも想像ができない。

二人の間に下りる沈黙。気まずい。

「あはは……えーっと……」

夏希はまだカレーに手をつけていない。どうしたものかと悩んだ挙句、夏希はちょっとしたことを思いついた。もしかしたら、これで彼女の表情の変化が見られるかもしれない。

基本的に人前で『それ』を使うことは避けてきた夏希だが、この程度のものであれば場の賑(にぎ)やかしの小ネタとして、たまに披露することもあった。

「ねぇねぇ、見て」

夏希が声をかけると、初美は一応視線を向けてくれた。同時に、夏希は自身の指先に集中し、魔法を発動する。

「はっ！」

本当は声をあげる必要もない。ただの演出だ。それと同時に夏希は手のひらに置いただけのスプーンをグニャリと曲げてみせた。

「……」

初美は曲がったスプーンを見ている。夏希は彼女の視線が向いていることを確認しつつスプーンをカレー皿に置き、今度は……

「ほぁっ！」

大仰でおどけた声とともに、曲がっていたスプーンに手を触れないまま、まっすぐに戻していく。

二人のやりとりを眺めていた周囲のテーブルからは小さな歓声や拍手があがった。『おー、すげー、アイツ手品できるんだ』『毬谷くんって器用だよねー』なんて声も聞こえてくる。

夏希のスプーン曲げは実際には種も仕掛けもない魔法なのだが、あまりにも定番であるため、ギャラリーは勝手にマジックだと思ってくれるのである。ゆえに、夏希としては鉄板ネタの一つなのだ。なのだが。

「カレー、冷めるよ」

初美の反応は予想よりも辛辣だった。

「ダメかー」

「なにが？」

テーブルに突っ伏す夏希に、初美は細い首を傾げた。

それでわかる。辛辣というわけではないのだ。彼女はあえて冷たい言葉をチョイスしたのではなく、単純に興味がないというか、心が動いていない。だから結果として辛辣に聞こえているだけで、それはなおツライものがある。

「……なんか、ごめん」

「？　かまわないけど」

この人との会話はいつも一往復である。夏希は諦めてカレーを食べ始めた。

二十歳の男がカレーを食べる速度は速い。同世代の女の子が焼き魚定食を食べているのに追いつき、追い越し、先に食べ終わるくらいには速い。

食べ終わったからには、ここに座っている合法的な理由がないので、夏希は立ち上がるしかなかった。

「ごちそうさま……。じゃあ、僕、お先に……」

立ち上がって気付いたのだが、初美は膝の上にやたら分厚い本を乗せていた。彼女が持っているカバンは小さく、入らなかったのかもしれない。

よし、これが最後だ、とばかりに夏希は尋ねる。

「それ、なんの本？」

初美は、夏希の問いに一瞬だけ言葉を詰まらせた。今までになかった反応である。しかし、彼女は膝に置いていた本を取り出し、顔の前に掲げてくれた。本の上から、彼女の目だけがひょっこりとのぞいている。

「ん」

彼女が一音で紹介してくれた本に目を向ける夏希。予想としては、天文学とか星座の本なのでは、と思っていたその本。実際のタイトルは。

「『ユーモア炸裂（さくれつ）！　世界の爆笑ギャグ百選！〜これで貴方（あなた）もパーティの主役！〜』

……!?」

さすがに夏希も声に出してしまった。彼女の愛読書としては予想外過ぎるタイトルである。

「え、ちょっと待ってマジで？　それ君の本なの？」

上ずった声でシンプルな疑問を口にしてしまった夏希に、初美はこくんと頷いた。

「ん。通販で、買った」

彼女は、恥ずかしそうにもしていなければ、照れてもいない。相変わらずの無表情だ。本のタイトルとのギャップが凄まじい。そして本のカバーの裏面に表示されている定価はなんと七五〇〇円。高級品である。

「へ、へー。そういうの、好きなんだ？」

他にどう言えばいいのかわからなくて夏希はそんなことを言ったが、初美はまたフルフルと首を横に振った。

「……笑えるかな、と思って」

目を伏せた初美が消え入りそうな声で、どこか寂し気に呟いた言葉。一瞬、夏希には意味がわからなかった。ただどこかが、明確にどことは言えない体のどこかが、キュッと締め付けられたような錯覚にとらわれる。

「ちょっと読んだ。笑わなかった」

「それは……どういう……」

夏希は問いを中断して、考えた。

今のはどういうことだろう。笑えるかな、と思った？　そのために七五〇〇円もする本を？　この子が？　なんで？　そもそもこの人はかなり変わってるけど、どういう人なんだ？

「ごちそうさま」

夏希の思考が空転している間に初美は焼き魚定食を綺麗に食べ終わっていた。手を合わせてトレイを手に立ち上がる初美。

「さよなら」

女子大生が使うには妙に古式な挨拶をして、初美は夏希から視線をそらした。

「あ、うん」

夏希は、言うべきことを思いつかなくて、そんな彼女の後ろ姿を見送った。

見送った、が、遅れて夏希は気が付いた。

彼女は何て言った？『笑えるかな、と思って』？

「……ってことは」

最後のやりとりで一つだけわかることがある。

夏希は、慌ててカレーが載っていたトレイを片付け、学食を出た。学食の前はキャンパス内を繋ぐ並木道の交差点で、そこは各学部の棟を結ぶ中心である。

どこに行った？　夏希は並木道でくるりと回転し、彼女の背中を見つけた。

小さなリュックを背負い、さっきの爆笑なんとかという本は胸に抱えて、背筋を伸ばして、てくてくと歩いている彼女。夏希は、木洩れ日のなかを行くその背中に向かってスニーカーを弾ませ、駆けた。

「待って！」

追いつき、声をかける。今回は直前にやりとりしていたおかげか、彼女も自身が声をかけられたと気づいたらしく、振り向いてくれた。

「……」

しかし無言。よく見るとわずかに青みがかった瞳が、夏希をじっと見つめている。

夏希は少しだけ乱れた呼吸を整え、口を開く。

「あのさ……」

「うん」

夏希のほうも言葉に詰まる。あることに気が付いて思わず追いかけたけど、言うべきことはまとまっていない。器用なはずの自分なのに、どうしたというのだろう。

「えっと」

「うん」

首の後ろのあたりを掻くのは、夏希が考えている時にする癖だ。もう何秒が経っただろう。ただ、それでも初美は、要領を得ない夏希をじっと待っていた。必然的に立ち尽くして見つめ合う形になり、通りを歩く他の学生たちが一瞥をくれては去っていく。

風が吹いて、彼女がはいているロングスカートが少し揺れた。そこでやっと夏希が口を開く。

「……さっきのスプーン曲げは、外しちゃったけどさ」

「うん……？」

そうだ。こう言おう。夏希はようやく決めた。

彼女は笑えるかな、と思ってあのギャグの本を買った。そして読んだ。つまり彼女は、笑おうとした、ということ。笑いたかった、ということじゃないのか。それなら。

「他に面白いネタ用意したら、また話しかけていい？」

夏希は、彼女を笑わせてみたかった。

幼いあの時の失敗以来、夏希は誰からも笑顔を向けられてきたし、みんなで楽しくやってきた。そうなるように生きてきた。だけど、初美には通用しないようだ。それが引っかかってならないし、彼女が微笑む様子が想像できない。だから見てみたい。

「……」

初美は、無反応である。フリーズしたかのように固まっていて、この人はひょっとしてアンドロイドかなにかなのでは、と思わせられる。あ、生きてるな、と感じられるのは、長い睫毛を動かしてぱちぱちと瞬きをしていることくらいだ。もしかしたらこれは驚いている表情なのだろうか。それとも怖がっているのだろうか。

それはマズイ。

「いや、だからさ！ えっと……、その本で笑おうとしたけどダメだったわけでしょ？ その、じゃあ他になんか面白いことしたら笑うのかな、って思って。笑わせてみたいな、って思って。ゴメン僕何言ってるんだろ。いやでも、なんかそういうこと！ 別に他意はなくて、その……笑わせチャレンジ？ みたいな！」

謎のジェスチャーを交えて慌ててまくし立てる夏希。苦しくなって後半は強引に締めてしまった。これに対して。

「……」

初美は変わらず無言である。夏希は少しだけ泣きそうになった。

学内でも有名なほど無表情な女の子とひょんなことから知り合い、短い時間向き合った。ただそれだけのことなのに、なにかおかしなことを言ってしまった。

笑わせてみたい、ってなんだよ、とも思う。噺家でもなければスタンダップコメディアンでもないくせに。僕はなにを。

そして言った相手はこのリアクションである。いやノーリアクションである。

しかし夏希が空気に耐えきれなくなる直前、初美はぽつりと答えた。

「変な人」

目を丸くした様子で言われたそれは否定できそうもなかった。なにしろ今は夏希自身でもそう思っている。いつも上手くやってきたいつもの自分ではない、と感じる。

変人と言われるのは初めての夏希だが、この言葉は冗談めかして笑いながら言われるのと真剣に言われるのでは全然印象が違うことを学んだ。

「……すみません……」

なので、夏希は初美に謝った。少し反省してもいる。すごすごと立ち去るのがよさそうだ。そう判断した夏希は初美にもう一度、じゃあねごめんね、とだけ言うと彼女の横を通り立ち去ろうとした。

その時。

くいっ。

歩くのに合わせて振られた右手が動きを止める。夏希は反射的に振り返り、すぐそばにいる彼女の髪から石鹸の香りがして。何が起きたのか理解した。

「……初美さん？」

初美更紗は、夏希のロングTシャツの袖口を摘んでいた。

「ど、どうしたの？　怒ってるの？」

初美は俯いたまま、しかし摘んだ夏希の袖口から手を離さない。

「……る」

「え？　なに？」

彼女の呟きが聞き取れなかった夏希は、腰を折って初美の顔をのぞきこむ。

目が合った初美は小さく息を吸って、吐いて。それから音の一つ一つを確かめるようにして、唇から言葉を紡いだ。

「待ってる」

彼女の言ったことを遅れて理解した夏希。今度は、夏希がノーリアクションで固まってしまった。それくらい、予想外だった。

「またね」

固まったままの夏希をよそに、初美はそれだけ言うとまたてくてくと歩き出した。

小柄で華奢な背中が遠くなっていく。

　でも、彼女は言った。さよならじゃなくて、またね、と。

　彼女は答えた。笑わせてみたいと言った夏希に、待ってる、と。

　それなら、と思う。すると夏希の膠着が解けた。

「……よーし、笑わせてやるからなー」

　夏希は右拳を左の手のひらに軽く当てて、そんなことを呟いた。それから初美とは反対方向に歩き出す。

　もちろん、妙なことになってしまったという気持ちもある。考えてみれば初美の方が変人じゃないのかという気もする。いや百人に聞けば百人がそう言うだろう。知人や友人には妙に思われるかもしれない。

　それでも、夏希はその挑戦をやめようとは思わなかった。

　笑わせチャレンジ。その名前だけはもっといいのを考えればよかった、とは思う。

※※

「ふむふむ。それで？」

　自転車で海辺を走る夏希、その背中のリュックから顔を出したロコがそう質問した。

「それで？　って？」

「いや、その変わった女の子と知り合ったのはわかったよ。それと、君が久しぶりにリリー様に会いに行くこととなんの関係があるんだ？」

「いや、それはさー……。あとでばあちゃんに話すから、その時聞いてよ」

どうせこれから会う祖母には根ほり葉ほり質問されるのだから、今ロコに話しても二度手間である。

「ふむん？　まあ、ちゃんとリリー様のところに顔を出す気になったのは結構なことだと僕は思うぞ。あれほど偉大な方を祖母に持ちながら君ってやつは……」

「はいはい」

「そういうとこだぞ！　キミは！」

「はいはい」

「はっ！　待てナツキ！　お土産を買っていこうじゃないか」

「えー？」

「リリー様は、この近くのカフェのスイーツがお気に入りらしいぞ。この前ＳＮＳであげていたのを見たんだ！」

にゃーにゃーとよく喋る猫だ。と夏希は思った。さらに言えば、あのばあちゃんもこの猫も、SNSなんてやっていたのかと軽く衝撃を受ける。

ロコがうるさいので、夏希は彼の指示通りにカフェに寄ることにした。フォンダンショコラを買って、保冷材を断る。ロコの敬愛するリリー様、つまり夏希の祖母の家はもうすぐ近くだ。

「いつ見ても、変な家だよなー……」

自転車で駆け上がるのには少し疲れる坂を上りきると、見えてくる建物が一つ。海を見下ろす小高い丘にあるそこが、夏希の祖母、ロコが言うところの偉大なるリリー様の住まいである。

その家は基本的な外観はログハウスなのだが、増改築を繰り返したためか全体の形がひどく歪だ。ログハウスに直結した外国の古い二階建てバスもそのまま居住区となっていて、外壁に取り付けられた巨大な鹿の剥製、庭に咲いている怪しい色の花々なども合わせると、まるで昔話やアニメに出てくる魔女の家そのものだ。

ただ敷地内に駐車しているフェラーリとジャガー、ハーレーの存在だけが、ここは現代の湘南にある家だということを知らせていた。

夏希は、また新しい車種に変わっている高級車から、祖母が元気そうであることを確認すると、呼び鈴を鳴らすべく手を伸ばした。

「入りな」

呼び鈴を鳴らす前に訪問を看破されてしまった。ここに住んでいる祖母にとっては、朝飯前のことなのだろう。

お邪魔します、と声をかけ、夏希は家に入る。木造りの廊下を歩き、古いバイオリンやビリヤード用のキューが無造作に転がっている雑多な部屋へ進むと、部屋の主はロッキングチェア、から買い直したらしいゲーミングチェアを回転させて、夏希を迎えた。

「良く来たねぇ夏希。ほら、お土産のスイーツを出しな」

魔女の家のようなここに一人で住んでいる人物は、そのまま魔女だった。リリー・マリヤ、夏希の祖母である。

※※

夏希が、どうやら自分の家は他の家とは違うらしいと気が付いたのは六歳の頃だった。何が違うかと端的に言えば、魔法が使えるか否か、ということだ。

家庭の事情については、夏希も成長するにつれて知ることになった。

まず、祖母のリリーはイギリス人だ。それ以上昔のことは夏希も詳しくはないが、とにかくリリーはイギリスに古くから伝わる魔法使いの一族の末裔だそうだ。ゆえに、魔女。魔女と言っても、異端審問官によって糾弾される罪のないマイノリティーの女性のことではない。本当に、普通の人間には起こせない現象を無から起こす魔法が使える魔女である。その一族は、その魔法によって人々に恩恵をもたらし、同時に公権力からは潜み、永らえてきたのだそうだ。

そんなリリーが恋をしたのは、日本人の青年、波平だった。今は亡き夏希の祖父である。

若かりし日の波平はなかなかにジャンボリーな男だったようで、中国からポルトガルまでのユーラシア大陸をバイクで横断するという挑戦中にイギリスにも寄ってリリーと出会い、恋に落ちた末にリリーを日本に連れ帰ったと聞いている。ただ祖母の性格を考えると、連れ帰ったというより押しかけられた可能性が高いと夏希は踏んでいた。もっとも、祖父の波平はすでに故人であるため、真実は確かめようがないけれど。

なおこの時、一族の使い魔をしていた猫も一緒に日本にやってきており、その子孫がロコである。

サーファーでもあった波平は湘南の海をこよなく愛しており、夫婦はこの地に居を構えた。その後、娘の友梨佳（ゆりか）が生まれた。夏希の母親である。

友梨佳も魔法の才能をわずかに受け継いでいた。しかし、友梨佳は魔女としての人生を送っていない。普通のサラリーマンである益男（ますお）と結婚して、同様に魔法の才能を受け継ぐ夏希を出産し、今は東京で料理研究家として働いている。

夏希にしてみれば、それも無理からぬことだと思う。魔法と言うとまるで万能に有用なもののようでもあるし、実際、大昔はそう捉えられていたのであろうが、今では違う。

端的に言えば実態としての魔法は、現代においてショボいのである。

遠くにいる人と話ができる、スープを温めることができる、スプーンを曲げることができる、床を掃除することができる、花を咲かせることができる、話した通りにペンがひとりでに動いて文字を書くことができる、灯りをつけることができる。コインを消すことができる。

だからどうした？　と言いたくなる。現代の科学技術、あるいは腕のいいマジシャンなら種と仕掛けありで再現可能なものばかりだ。それなのに魔法の習得にはそれなりの努力を要する。強い魔法を連続で使うと頭痛がするし、体力も消耗して鼻血が出ることもある。割に合わない。

あるいは、海に波を起こすとか、周囲数メートルの気候を一瞬だけ夏にするとか、大掛かりなものもある。また、嵐の夜を晴らし、澄んだ夜を作り出すという大魔法も存在するらしい。しかしこれらは当然身につけるのが非常に難しく、また範囲や効果時間が狭すぎて実用的ではない。こうした技を使う魔法使いが歴史上ほとんどいなかったという話もその効率の悪さを物語っている。

要するに、魔法はコスパが悪い。

もちろん、科学で解明できない魔法というシステム自体は不思議なものだし、たとえばこれを世間に公表すれば注目を集めることはできるだろう。しかしそれで幸せな人生が得られるかというと別問題だ。マスコミに追われてプライバシーが無くなるくらいで済めば良し、ひどくすれば公権力によって人権を侵害される可能性すらある。

それを考えれば、魔法は比較的簡単に使えるものや子どもの頃に身につけたものだけをちょっと便利な特技として個人利用しているくらいでちょうどいいし、あえて新しいものを努力してまで習得する必要はない。夏希はそう思っていた。

昨日までそう思っていたわけだが。

「ばあちゃん、ひさしぶりに新しい魔法を教えてほしいんだけど」

世間話とお茶を済ませた後、夏希はそう切り出した。対面するのは、六十歳を超えてなおヒッピーファッションが似合っている祖母である。

「はん？　どういう風の吹き回しだい？　お前がそんなこと言うのは子どもの頃以来じゃないか」

リリーは片方の眉を上げて、面白がるように尋ねてきた。

「いやー、なんでってことはないんだけど。なんかひさしぶりにやりたくなったからさー。あ、ほら、バーのバイトでも便利かな、と思って。床掃除とかで」

夏希はできることなら本心を言いたくなかったので、そう誤魔化してみた。なお、夏希がバイトしているバー、『ボーディーズ』のオーナーはこの祖母である。祖母はそれなりの財産を持っていて、この辺りのいくつかの建物や店のオーナーでもあった。進学に伴い、東京から湘南に引っ越して一人暮らしをしている夏希だが、そういう意味では祖母の世話になっている部分も多い。

「嘘だね。お前ならルンバ使えばいいじゃん、とか言うに決まってるさ」

「うっ」

察しの良い祖母の切り返しに夏希が黙ると、カバンから出てきているロコがそうだそうだ！　と茶々を入れてきた。世代を重ねたためか、主人の魔法使いとその使い魔という関係性はもはやほぼ崩壊している。

祖母はゲーミングチェアに深くもたれかかり、人差し指をちょいちょいと曲げた。

「正直にお言い」

「へーい」

仕方がないので、夏希は知り合ったばかりの女の子のこと、その子を笑わせてみたいことを伝えた。そのうえで、自分ができそうなことと言えばやっぱり魔法になる、と考えたのだ。

考えを伝え終わると、ロコが両の前脚を上げてにゃーにゃー鳴いてきた。

「なんだ！　そんなことか！　魔法を修行したいと言うから少しは感心したのに、そういうの不純だぞ！」

「お前はちょっと、あっちでキャットフード食べてきなよ。ほら、ばあちゃんちだし、美味しいのがあるって」

「その手にはのらないぞ！」

「チュールもあるかもよ」

「！……その手にはのらないぞ」

夏希とロコがそんなやりとりをしている間、リリーは腕と脚を組んで目を閉じ、なにやら感慨深そうに黙っていた。この祖母にしては、珍しい反応である。

「要するに、魔法を使ってその女子（おなご）を笑わせてやりたいと？」

ぎろっ、と片目をあけて夏希を見る祖母。

「その子に惚（ほ）れてるのかい？」

言われると思った。でも、これについての答えは決まっている。たしかに、初美更紗は綺麗な女の子だと思うが、他にも可愛い子はいるし他の子たちの方がよっぽどわかりやく、楽しく話せるし、しかも夏希はそうした子たちに好かれている。

だから、初美更紗については。

「そういうわけじゃないよ。ちょっと変わった子だし」

「ほー……。まあ、どっちでもいいさ。あとお前、人前で魔法を使うのはイヤなんじゃなかったかい？」

今度は両目をあけて、夏希の本心をのぞきこむように見つめてくる。

祖母の問いかけはもっともなことで、夏希も昨夜から考えていた。しかし、もう自分はあの頃とは違う。怪しまれるようなヘマはしない。魔法はショボいものだし、技術や科学で同じことができる。なら、技術のふりをして魔法を使い、気が付かれなければいいわけだ。スプーン曲げ程度ならこれまでだってやってきたし、初美更紗も子どもではない。あの時のようなことにはならないだろう。

そう思いこむことにした。今自分がやりたいことをあの時の記憶に邪魔されるのが嫌だった。不思議とそう思えた。

「いや、それはそうなんだけどさ。要するに魔法ってバレなきゃいいわけだし、もう子どもじゃないんだから大丈夫だって」

「リリー様。動機は不純ですが、夏希が魔法を覚えようとすること自体は、良いことだと思うので！」

夏希がそう説明し、ロコが一応フォローすると、リリーはくつくつと笑った。

「なるほどなるほど……。これは面白いこともあるもんだ。まさか、夏希がねぇ……」

祖母がたまに見せるその笑顔は、他人が見れば少し不気味なものに違いないと夏希は思っている。外国人のやたら派手な老人が、顔を歪めて愉快そうにしているのである。ただ、夏希は祖母のそんな笑顔が嫌いではなかった。

「ま、いいさね。元々、魔女が子孫に魔法を教えるのは当たり前のことさ。お前が嫌がってただけでねぇ。それに……」

リリーは言葉を切った。それに、に続く言葉はあえて言わないことにしたらしい。さきほどから、何か含むところがありそうではあるが、下手に尋ねて機嫌を損ねるのも得策ではない。

「じゃあ、教えてくれるの？　ありがと！　ばあちゃん」

「早速今日から始めるとしようかねぇ。そうだ。まずは友梨佳、お前の母さんの得意な魔法を教えてやろうか。あれは、極意に至る第一歩としても最適さ」

リリーはそう言うとゲーミングチェアから立ち上がり、付いて来な、と口にした。

夏希は母が魔法を使えることは知っていたが、得意なものがあることは知らなかった。ましてそれが魔法の極意に繫がるものだとは。

「厳しく仕込んでやるから、逃げるんじゃないよ。逃げたら、逃げなきゃ良かったって目にあわせるからねぇ。なにしろお前が言い出したことさ」

「わ、わかった。なるべく努力するよ」

「頑張るんだぞ！　夏希！」

ひっひっ、と妖しく笑うリリーに付いていく夏希とロコ。

リリーは、ロコに言わせると大魔法使いだ。理由はわからないが、魔法というのは基本的に世代を経て現代に近づくほど弱くなってきたらしく、夏希の一族以外の魔法使いの家系も、徐々にその力を落とし続けていると聞いたことがある。

つまり、この現代においてリリーは世界トップレベルの魔法使いであるはずで、その彼女が極意と言うからにはそれなりのものなのだろう。あくまでも『ショボい』なかでは、ということになるが。

夏希は少しだけ緊張しつつ、若干の興味を持ってリリーが開けた扉に続く。そこは、キッチンだった。

「さて、まずはカレーを作りな」

「え？」

「話はそこからさ。『魔法はキッチンから生まれる』ってね。ほら、早くおし。チキンカレーだよ。庭に鶏がいるから絞めてきな」

夏希は思い出した。そう言えば、祖母の修行はいつもこんな感じで、最初は意味がわからないものばかりだった。それも、夏希が魔法修業をやめた原因の一つでもあったのだ。とは言え。

「デイトレードとツーリングにも飽きてきたところさ。しばらくは退屈しないで済みそうだねぇ」

「はい……」

為替と株の取引で儲けたお金で買ったハーレーを乗り回して暇を潰す大魔法使いの老人に対して、今どきの軟弱な若者である夏希。『やっぱりやめます』とは言えそうもなかった。

※※

湘南文化大学の一年生、小松優菜にとって水曜日の二限、生理学の講義は貴重な機会である。

と言うのも、そのコマは優菜が密かに想いを寄せている同じ学科の先輩と同じ講義を受けられる時間だからだ。一年生と二年生は共通教育で講義が被ることが多いのだが、運悪く、優菜がその先輩と同じ講義を取っているのはそこだけだった。

先輩。優菜が夏希先輩と呼んでいる彼は、男友達や女子学生と一緒にいて、みんなで楽しそうにしていることが多く、下級生の優菜としてはなかなか話しかけるチャンスがないのだ。

今まさに、水曜日の二限。優菜は早くこの講義が終わればいいのに、と思っていた。終わり次第、今日は勇気を出して夏希先輩をランチに誘う所存である。なので、さきほどから緊張していて鼓動が速くなって落ち着かない。教壇に立っている生理学の講師が話している内容は、聞いてはいるが、頭に入ってこなかった。

これでは単位が危ないかもしれない。そう考えた優菜は努めて講義に集中しようとした。

「えー、つまり、このようにですね、人間が幸せを感じて笑うと、ドーパミンやエンドルフィンといった脳内ホルモンが分泌されるわけですね。こうしたホルモンは、肉体にも様々な良い作用をもたらしますがー、いまだよくわかっていない部分も多くてですね……」

なるほど。ということは私は夏希先輩とゴハンを食べたらエンドルフィンという脳内ホルモンが出るんだな、ふむふむ、などと考えてしまい。また集中力が切れる。

「最近の事例ですが、まれにこの脳内ホルモンが人体に予期せぬ害を……」

講師は続けているが、優菜はもう聞いていなかった。あと五分で終わるし、もう仕方ないと割り切ってみる。代わりに考えるのは夏希のことだ。

優菜が彼のことを好きになったのは、入学してすぐのことだった。その頃優菜は、高校時代に片思いしていた相手にこっぴどくフラれたショックを引きずっていて、学科での新入生歓迎の飲み会の席でそれを思い出して盛大に泣いてしまったのだ。二十歳になっていないので烏龍茶（ウーロンちゃ）しか飲んでいなかったのに、雰囲気で酔ってしまったのかもしれない。

素面（しらふ）のくせに酔っ払いのように失恋の哀しさをとうとうと語る優菜、その近くの席にたまたまいたのが夏希だ。夏希は、わぁわぁ泣く優菜に困った顔一つせず話を聞いてくれた。それどころか、そのあとはいつ仕込んだのかわからない手品で優菜の好きな花をどこからともなく出してみせ、びっくりしている優菜に『実は僕も泣きたいよ』と前置きして、彼の失敗談をいくつか話してくれた。その内容はユーモラスで、爽やかイケメンな彼には意外なほどヒドくて、軽妙で明るい語り口につられて優菜は気が付けば笑っていた。

泣きやんで笑った優菜を見た彼がホッとしたような表情に変わった時、優菜は失恋から立ち直ったのである。失恋の特効薬とはつまり、新しい恋だ。

「えー、というわけでね。もう時間だから今日はここまで。各自、私の本を予習しておいてくださいね」

終わった。優菜が考え事をしている間に、講師は色々喋って、終了時間が来ていた。急がなければならない。優菜の見てきた限り、夏希は特定の友人といつもランチを取っているわけではなく、その時々で接した人たちのなかに入って笑っている人だ。そういう軽やかなところも好きだけど、だからこそ、誰かとランチに行かれる前に手を打つべし。

「先輩！」

　優菜は席を立つと、まだ教科書を片付けていた夏希に声をかけた。

「え？」

「こここ、小松です！」

「ままま、毬谷です！」

「そ、それはわかってましてですね……！」

「あはは、ごめん。小松優菜さんだよね？　どうかしたの？」

　夏希は緊張で噛んでしまった優菜に優しく微笑みかけ、少しだけふざけてみせた。名前を憶えていてくれていたことも嬉しい。気さくに茶化してくれたおかげで、笑って誤魔化せる。だから勇気が出た。

「ご、ゴハン行きませんか！」

「あー……」

　夏希は、優菜の誘いに、困ったようなすまなそうな顔をした。彼は気さくな人で、誰に誘われても基本的に断ることはないような人だと思っていたし、嫌いな人なんていないんじゃないか、大丈夫だ。と思っていただけにキツイ。

「ゴメンね。今日は先約があって」

　夏希は首の後ろを掻き、肩をすくめた。ヤバい、もう消えたい、と優菜は思う。あまりのショックのためか、猫の鳴き声のようなものが聞こえた。

「そうですか……。すみません、私の方こそ、急に……」

「あ、だったら、もしよかったら、明日は？」

「え？」

消えなくて良かった、と優菜は思った。グーにした拳を強く握りしめ、力いっぱい答える。

「行きます！」

「そっか、良かった。新歓の時、レポートとか単位のことで色々聞きたいって言ってたもんね。他にも二年生誰か声かけとくよ」

「え」

「じゃあね！」

固まってしまった優菜をよそに、夏希は軽い足取りで講義室を出ていく。ここしばらく夏希ばかり見ていた優菜だからわかるが、今日の彼はいつもとどこか違うような気がする。なにかウズウズしているような、今にも駆け出しそうな……今本当に駆け出した。いったいどうしたのだろう？

「……はぁ……」

優菜は吐息をもらした。イマイチ伝わらなかった気がするが、明日は一緒にランチが取れるわけだし、他の人もいるのだろうけど、それはそれで自分としては驚きの進歩、偉大なる第一歩である。

※※

「ナツキ！　ボクをリュックに入れたまま走らないでくれ！　ペンケースがぶつかって痛いぞ！」

リュックに入れたままのロコが抗議の声をあげた。結構大きい声だったので、周囲の学生にも『にゃー！』と聞こえたことだろう。

「あ、ごめん」

夏希は小声で答え、大人しく早歩きに切り替える。ロコを大学に連れてきたのはひさしぶりだったので、彼をリュックに入れたまま歩く感覚を忘れていた。彼と一緒の時は自転車が多いからだ。

「うん。それでいいんだ。しかしナツキ」

「なに？」

「さっきの子はいいのか？　けっこー可愛かったと思うぞ」

ちろり、と見上げてくるロコ。夏希にも彼の言わんとしていることはわかる。その可能性もあるとは思った。レポートや単位のことを聞きたかった確率と半々くらいだ。だからと言って、あの場ではああするしかない。決定的なことを言われれば決定的な返事をすることになるが、そうじゃなければ普通に接するべきだろう。

「仕方ないでしょ……」

それに夏希はバカのお調子者で通っているわけで、そのうち彼女も勘違いに気付くかもしれない。それに第一、今日のランチ時間に約束があるのは本当のことで、それは変更できない。

「あの子に何かしたんだろ。君はだな、そういうところがだな」

「後で聞くから。それより、そろそろ待ち合わせの場所着くけど、ロコどうする？出てくる？　入ってる？」

彼女、初美更紗との待ち合わせ場所は図書館前の木陰にあるベンチだ。昨日キャンパス内で会った際に約束を取り付けてある。

「む。そうだな。このまま様子を窺(うかが)いつつ、機が来れば英国紳士として、その子に挨拶くらいするとしよう」

妙に大仰で偉そうな口ぶりで答えた黒猫は、リュックのなかに顔もひっこめた。そのままの体勢で、言葉を続ける。

「新しい魔法には自信があるのか？」

「うーん。……一応、効果は感じられる程度には身に付けたと思う。まずはこれで行ってみる」

夏希は祖母のもとに通い、魔法を一つ習得していた。地味ながら、かなり苦労したと思っている。カレーに始まり、シチュー、ハンバーグ、ローストビーフ、フィッシュ&チップスを作った。もちろん、ただ作っただけではない。

毎回、食材一つ一つの歴史的背景や生物学的特性から命の輝きを学び、薪を割るところから火おこしをして火のエネルギーを学び、使用する水を沢からくみ上げることで水の柔らかさと強さを学んだ。

そこまでして修業はようやく魔力を使う段になる。その後、集中しすぎて鼻血を出すこと数回、力の入れすぎで窯を壊しかけて火傷すること数回、完成予定の料理を脳内で完璧にイメージできるまで徹夜をして、ようやくわずかに感覚を摑んでいた。

思えば、子どもの頃にやっていた魔法の修行もおおむねこうしたものだった。現存する魔法には様々な種類があるが、そのいずれも習得のためにはその魔法に関する技術や知識を覚えなければならないのだ。だからこそ今の夏希は色々なことを小器用にこなせるようになった。

しかし、そこまでして見つけた魔法も、正直なところ効果については未知数な部分がある。やっぱり割に合わない。

果たして、この魔法は彼女を笑わせることができるのか。

そう思いつつ夏希がやってきたのは大学構内の図書館前、そこには大樹と、その木陰に設置されたベンチがある。ベンチに座っているのが待ち合わせの相手だ。彼女は一人でいるのに、スマホを見るわけでもイヤフォンで音楽を聴くわけでもなく、ただそこにいる。これは現代において珍しい光景だが、彼女はとても自然に見えた。まるで、絵画のモデルとしてそこにいるかのようだ。着ているものはTシャツとロングスカート、というごく普通のものなのに、不思議だ。

「初美さん」

初美更紗は声をかけた夏希に反応し、視線を上げた。

「ごめん、ちょっと遅れたね。待った？」

夏希は手を上げて謝ったが、初美はふるふると首を横に振り、答える。

「待ってない」

オルゴールやトライアングルのように、音が鳴るのに静けさを感じさせる声。その声で発せられた内容はやっぱり端的だった。

「そ、そっか。来てくれてありがと。来てくれないかも、ってちょっと心配してたよ、はは」

「約束、したから。ちゃんと来る」

更紗はそう言うと、ベンチに座る位置を少しずらす。ここに座っていい、ということらしい。夏希はお礼を言ってベンチに並んで腰かけた。石鹸の香りが、夏希の鼻腔をつく。

「えーっと……」

夏希にしては珍しく口ごもった。いや、すでに初美に対している時はそれほど珍しいことではなくなっていた。

正直、少し緊張する。今日は先日宣言した『笑わせチャレンジ』の一回目だ。

「うん」

初美は夏希のそんな心情を知ってか知らずか、じぃっと見つめて夏希の言葉を待っている。無表情のようだが、よく見ると少しだけ眉が上がっているようにも思えた。

夏希が何か言うのを急かしている様子はない。もし自分が何も言わないままでいても、何時間もそのまま待っているのでは。夏希にはそんな気がした。

「面白いネタ、って言うとちょっと違うかもだけど……。これ」

夏希がバッグから取り出したのは、ランチボックスである。このために、ロコを入れているいつものリュックとは別に、わざわざもう一つバッグを持ってきていた。

「なに？　これ」

「ちょっと変かもしれないんだけどさ、サンドイッチ作ってきたんだよ。良かったら、昼ゴハンに食べてくれない？」

夏希自身、言っていてちょっと唐突だし変かも、と思っている。それほど付き合いがない女の子に男がいきなりサンドイッチを作ってくる、というのはかなりハードルが高く、普通ならひかれるかもしれない行為だ。

しかし、夏希が祖母から習得した新しい魔法は今のところ一つだけで、これを活かして初美を笑わせようとする場合、こうするしかない。

先日初美は学食の焼き魚を美味しくない、と言っていた。では美味しいものを食べた時、彼女はどんな表情をするのか？　笑ってくれはしないだろうか？

夏希は緊張しつつ初美の反応を待った。

「ん。食べる」

予想外に、いや初美という女の子のことを考えれば予想すらできなかったが、初美の回答はあっさりしていた。

「そっか。良かった。じゃあ、はい」

夏希はホッと胸を撫で下ろし、ランチボックスを開けた。今朝五時に起きて作ってきた数種類のサンドイッチは、全粒粉のパンを使い、ローストビーフやパストラミ、スモークサーモンなどをメインの具にしてある。どれも、素材からこだわり、ソース作りも別に行った逸品である。英字新聞風のラッピングを使い、見た目もオシャレにできたと思うし、夏希自身、美味そうに感じてはいる。が、不安は不安である。

初美は蓋が開けられたランチボックスを見て一言だけ。

「すごい」

と、呟いた。おそらく本心なのだろうとわかる。と言うか、初美はお世辞を言ったりはしないだろう。ただ、セリフとは裏腹に口調が淡々としている。それなのに、どこかコケティッシュな雰囲気を感じさせる。

初美の独特の反応に夏希は少しだけ戸惑ったが、それでも最後の仕上げは忘れるわけにはいかない。サンドイッチの上に手をかざし、指を鳴らした。注意して見ていなければわからないほど淡い光が指先から漏れ、サンドイッチに降り注ぐ。

「？」

「あ、ごめん。なんでもないから気にしないで！」

これが魔法。しっかり自分で作った料理を、少しだけ美味しくする魔法だ。料理を理解し、食べてくれる相手のことを念じることで生まれる魔法の『ふりかけ』。実際、この魔法を使うか使わないかで味が微妙に変わることは夏希も確認済みである。大体の体感で言うと4パーセントほど美味しくなった。微妙な数値である。

「そう。食べていいの？」

「どうぞどうぞ！」

「いただきます」

初美は手を合わせて頭を下げてから、ワサビソースのローストビーフサンドイッチを手に取った。手のひらが小さいせいか、両手で持つ様子がなんとなく微笑ましい。

彼女自身は少しも微笑みを浮かべてはいないが。

緊張の一瞬。初美は、はむっとサンドイッチを頬張った。

「……ど、どうかな……？」

初美はもぐもぐと咀嚼（そしゃく）を続けつつ、考えこんでいた。夏希としては、不安になってくる。

　この魔法は、料理自体が美味しければ美味しいほど魔法による美味しさ向上効果は低くなる特性がある。ろくな食べ物がなかった大昔には重宝された魔法らしいが、現代ではその効果が薄い。夏希の母親もこの魔法が得意だったそうだが、現在料理研究家になっている母が自作の料理にこの魔法を施しても効果はゼロらしい。

　自分の場合はどうだろう？　サンドイッチ自体は美味しく作れた。でもプロってわけじゃないから多少は未熟な部分もある。そこに作用してくれただろうか。いや、魔法自体が未熟だからやはり効果が薄くなっている部分もあるだろう。はたして。

　柄にもなくハラハラしている夏希をよそに、初美はマイペースに咀嚼を終えてサンドイッチを飲みこみ、また一言。

「美味しい、と思う」

　ひとまずは良かった。と思う夏希。だが美味しいと口にする初美が顔をほころばせることはなかった。

「やっぱりダメか――……！」

　この方向から笑顔を引き出すのは失敗したと悟り、夏希は全身の力が抜けた。テーブルがあったらまた突っ伏してしまっていたかもしれない。

「？　どうしたの？　本当に、美味しいと思う。夏希は、料理が上手」

初美はそんな夏希を不思議そうに見つめ、それからビシッ！　と親指を立てた。無表情のままで行われたＧＯＯＤのジェスチャーはアンバランスで、夏希の方が笑ってしまう。

「あははは。初美さん、そんなこともするんだ。ありがと。嬉しいよ」

「ん」

「でも、やっぱりこのくらいじゃ初美さん笑わないかー。三ツ星シェフとかならいけるのかな」

夏希はベンチに手を置き、反り返って空を見上げる。失敗したわりには、なんとなく爽やかな気分だった。

「あ、今のはそういう……。ごめん」

初美は顎に手を当て、少しだけ俯いた。表情も微妙に変化している。眉の角度がわずかに下がり、目を微妙に細めている。これは多分、すまないと思っている顔だ。夏希も、彼女の表情の変化がわかるようになってきた。笑顔だけは見たことがないし、とてもわかりにくいのだが、彼女からちゃんと感情が伝わってくる。

「謝んないでよ。僕が勝手にやってるだけなんだし」

夏希が慌てて手を振ると、初美はまたこくんと頷いた。

「ん。謝らない」

素直である。いったいどういう育ち方をしたらこんな人になるんだろう。夏希のなかでまた彼女についての興味が一つ増えた。

「夏希は、食べない？」

初美はそう言って、ランチボックスを差し出してきた。これはつまり、ここで一緒にランチをしよう、というお誘いということだろうか。彼女がそう言ってくれるとは予想外だったが、一応夏希は自分の分も作ってあったので、それをリュックから取り出す。

「じゃ、食べよっかな」

「ん。美味しいよ」

「作ったの僕だから味は知ってるよー」

「そっか。そうだね」

会話を交わし、夏希は初美と並んでサンドイッチを食べる。無口な彼女なので、会話がはずんだりすることはない。だけど気まずい、ということはなかった。

木洩れ日のさすベンチ、吹き抜ける爽やかな風。そんなロケーションで二言三言だけで交わすポツポツとした会話が、不思議と心地よい。

「初美さんは、サークルとか入ってるの？」

「ん。天文サークル」

「ああ、そっか。星が好きなんだもんね。……あれ、でもうちの天文サークルって、ほとんど活動してない飲みサーだったような……」

「そう。あのサークルで天体観測してるの、私だけ」

「やっぱそうなんだ」

「でも、天体望遠鏡、借りられるから。いい」

「ははは。なるほどねー」

いかにも彼女らしい、と夏希は笑った。初美は、何故夏希が笑っているのかわからないようだった。

「夏希、は？」

「ん？　なに？」

「サークル」

初美の短文会話に理解が遅れる夏希。数秒してようやく質問の内容に気が付く。初美が夏希のことを知りたがったのは、これが初めてだった。

「あー、僕は、軽音と、テニスと、マジックのサークルをかけもちで」

「すごい」

初美は小さく手を叩いた。拍手してくれているらしいと気が付くのに、数秒がかかる。

「ちゃんとやってるってほどでもないんだけどね。誘われたからたまに参加してるだけだよ」

夏希は苦笑しつつ真実を話した。大学のサークルには真剣なものとお遊び程度のものがあるが、夏希が関わっているのは、ほとんど後者だ。しかもそんなサークルのなかでも付き合いで加入して、浅くやっているに過ぎない。テニスサークルに至っては、一回もテニスの試合をしたことがなく飲み会だけ出ている。軽音サークルはライブなんかもたまにやっているが、祖母仕込みのクラシック以外の曲を弾いたことがない夏希は出たことがない。そんな話だ。

説明を聞いた初美は、また少し考えてから答えた。

「じゃあ、夏希すごくない」

「ははは。うん。初美さんの言う通り、全然すごくない」

「それ」

「どれ？」

「私は夏希のこと、夏希って呼んでる」

初美の独特のコミュニケーションに慣れてきた夏希は、彼女が言わんとしていることを理解した。しかし一応確認してみる。

「僕も、下の名前で呼んだ方がいい？」

「ん。そう」

初美は小さく二回頷いてみせた。名前で呼ばれたい、というのは別に夏希に好意があるとかそういうことではないのだろう。自分が名前で呼んでいるから名前で呼ばれたいという気持ち。そこには彼女なりに人との付き合い上のルール、対等であるべきという考え方があるらしい。

それなら、と夏希は思った。

「じゃあ、更紗さん？」

彼女はふるふると首を横に振る。どうやらさん付けされるのはイヤらしい。

「更紗ちゃん？」

ふるふる。

「……さらっちとか」

ふるふる。

「……えっと、じゃあ……」

どう呼ぶべきなのか、今のやりとりで夏希は理解したが、さすがにそれは少し抵抗があった。ただ、どうやら彼女は思ったより頑固な面があるようで、他の呼び方をしていると明日まで首を横に振っていそうな気配すらある。

仕方がない。

「……更紗？」

夏希が多少の緊張と恥ずかしさを感じつつ、なんとか口にした呼び名。

「ん」

初美は、いや更紗は、また一音のみの発声と頷きだけで答えた。彼女は満足したらしく、それ以上話そうとしない。ただ、ほんの少しだけ嬉しそうに、もぐもぐとサンドイッチを食べている。

「呼び捨てって、嫌じゃない？」

そんな問いかけに、更紗は少し黙った。多分、質問の回答を真面目に考えているのだろう、と思う。そして答えた。

「嫌じゃ、ない」

だから、夏希もそれに従い、ランチを進める。並んで食べているのに、会話がない二人。時間の流れが緩やかになったような木陰。周囲にはたくさんの学生たちが行き来しているが、夏希には、彼らと自分たちが別の世界にいるように感じられた。

※※

「それで？　どうだったのさ？　前に教えてやった魔法の結果は」

カウンターの向こう側に腰かけている祖母が愉快そうに尋ねてきた。ここは、夏希がバイトをしているバー『ボーディーズ』なのだが、オーナーである祖母もときおり客としてやってくることがある。

なんでも、自分に限ってはいつでもタダ酒を出すことを条件に格安で建物を貸しているらしいので、ふらりとやってきては飲み放題だ。

「ばあちゃん、声が大きいって」

店内で急に魔法について尋ねられた夏希は、振っていたシェイカーを落としそうになりつつ答えた。

「おや、こりゃ失礼。でもね夏希、まずはばあちゃんと呼ぶのをやめな。ここはバーで、私は一人酒を楽しんでいる淑女なんだよ？　バーテンダーは紳士じゃなくちゃいけない。そして紳士はそういう女性をなんと呼ぶか教えてやったろう？」

カウンターから夏希を見上げ、にやりと意地悪そうに笑う祖母。少しばかり閉口させられるが、夏希は基本的にこの祖母には逆らえない。カクテルの作り方や料理の基礎、ほかにも魔法の習得に必要な色々な技術や知識を仕込んでくれたのも祖母だし、この店で働けるのも祖母のおかげなのだ。

それに、言っていることは大体いつも間違ってはいない、とも思っていた。

「わかりましたよ。リリーさん。ええっと……」

夏希は多少声のボリュームを落としつつ、店内を見渡した。今来ている客は祖母の他には一人だけ、常連客である小説家の男性だ。彼は離れた席で一人で飲んでいた。この店のマスターとも長いつきあいらしく、二人で何か話しこんでいる。これなら、こちらの会話を聞かれることはなさそうだ。

「……美味しいとは言ってくれたけど、笑ってはくれなかったかな」

夏希はリリーに注文されたドライマティーニを注ぎつつ小声で答えた。要望通り最後に指を鳴らして魔法をかけるのも忘れない。

「ひょひょひょ。そうかい。どれ……」

リリーはステアしてから一分も経っていないマティーニを一息に飲み干し、小さく鼻を鳴らした。

「そりゃ、この腕前じゃあね。カクテルやサンドイッチ作りの腕前が低いことを考えても、魔法の効果が小さすぎさ」

わかっていたことを改めて言われると、夏希も多少は凹む。祖母が楽しそうにしているためなおさらだ。

「お前は昔から小器用に魔法をこなすが、どれもハンパだよ。ああ、二杯目はジンリッキーにしておくれ」

そう言ってからかいつつ、お代わりを要求してくる祖母。夏希は溜息をつきそうになったが、それはこらえた。また文句を言われそうだからだ。

「……ロコが言うには、動機が不純だから、なんだってさ」

夏希はついいじけたようなセリフを吐いてしまった。しかし、リリーはそんな夏希の言葉に一瞬だけ目を丸くする。

「不純？　何を言ってるんだいお前は」

「え？　……いや女の子のためになんてナンパなやつめ！　みたいなことをロコがクドクド言うからさぁ」

唇を尖らせて相棒の悪口を言う夏希に、祖母はからからと笑った。

「そりゃ、あの子のほうが間違ってるよ。魔法っていうのはね、本来、誰かを笑顔にしてやるために使うもんだよ」

二杯目のジンリッキーを作っていた夏希には、祖母の言葉が意外だった。好き勝手に生きているように見える祖母が言うには、なんとも道徳的な台詞だ。それに女の子一人のために魔法を修行するというのはよくは思われていないと思っていた。

「えっと、じゃあ、僕のやってることは、魔法使い的に正しいってこと？」

「ああ、お前が本当にその女の子を笑わせたいと思っているならね。誰かを幸せにしてやりたい、誰かを笑顔にしてやりたい、そう強く思えば思うほど魔法使いの力は強くなる。そういうものなのさ」

カウンターに肘をつき、ジンリッキーを待つ祖母はにやりと唇の端を歪める。なんとも妖しい魔女の微笑み。だが、夏希は知っている。この祖母は大仰なホラは吹くし、タチの悪いジョークも言うが、つまらない嘘はつかない人だ。

夏希は今聞いたことを心の中で咀嚼しつつ、ジンリッキーをステアした。差し出しつつ、口を開く。

「……そんなこと初めて聞いたよ」

「いいや？　お前が忘れちまっただけさ」

ジンリッキーに口をつけた祖母はしたり顔だ。もしかしたら、まだ魔法の修行を頑張っていた幼い頃に話されたのかもしれない。だが、夏希は覚えていなかった。

「そうなんだ……」

さすがにこの祖母といえども、ロングカクテルであるジンリッキーを一気飲みはしないらしい。そのため、夏希には少し時間ができた。首の後ろに手をやり、考えてみる。

誰かを笑顔にしたいと願うほど、笑顔になった誰かの幸せが深いほど、魔法は強くなる。

なるほど。これが正しいとすれば、時の流れとともに魔法が弱くなっていくのは当然かもしれない。洗濯機が無い時代に衣服を綺麗にすればそれは喜んでもらえただろう、食料事情が貧しい時代に乏しい食材で少し美味しい料理をふるまえば笑ってくれただろう。当時の魔法使いが習得の難しい使用にも負担がかかるこうした魔法を使ったのは、誰かを幸せにしたいという願いを叶える手段が魔法の他になかったからだ。

だから強かった。

現在はそうじゃない。誰かを幸せにする手段なんてたくさんあるのだ。魔法を用いて誰かを幸せにしたいと強く願うのは難しいだろう。

夏希の母が大人になったあと、料理を美味しくする魔法を使うのをやめて料理研究家になったのは、一流の食材を使って最新の技術を使って真っ当に料理した方が効率的だからなのかもしれない。だとすれば『ルンバ使えばいいじゃん』という夏希の考えは、案外的を射たものと言える気がする。

「あー、やっぱりジンリッキーはサファイアを使うに限るね。いまいちなバーテンダーでも、まずまずの味だよ」

カクテルに使うジンの種類についてのこだわりを述べる祖母に相槌を打ちつつ、夏希が思っていたのは別のことだった。

僕が、更紗を笑わせたいという気持ちを持っていることについてはどうなんだろう？

心のなかにある映写機に、更紗の顔が浮かんだ。肩で切りそろえられたサラサラの髪や細い肩、まっすぐにこっちを見つめてくる大きな瞳。そして整った顔立ちに浮かぶ硬い表情。

彼女の笑顔を見てみたい、という気持ちに嘘はないと夏希は思っている。記憶している限り今まで特定の誰かに対して強くそんなことを思ったことはない。ちょっと意識して接するだけで、他のみんなは笑ってくれた。そういう意味ではさっき聞いた魔法使いの在り方を考えると自分は魔法使い向きの性格をしているかもしれない。

　そんな自分が魔法を使って更紗を楽しませようとしているのは、他に得意なことがなく、お金もあまり持っていない学生だからだ。ちゃんと練習すればそれこそ母のように魔法無しでもっと美味しいサンドイッチが作れるかもしれないが、そんな才能も時間もないし、高級食材を買えるわけでもない。

「どうしたんだい？　夏希」

「あ、ごめん。ばあ……リリーさん」

「ふん、まあいいさね」

　上の空だったことを祖母に気が付かれたが、彼女はそれを咎めはしなかった。むしろ、機嫌が良さそうである。考えていることを見抜かれているのかもしれない。

　夏希が日常的に周囲を笑わせようとしていることや、今やっている更紗への挑戦はもしかしたら古の魔法使いがやっていたことと同じなのでは？　そんなふうに思えた。他の手段が未発達だから、魔法で人を笑顔にしようとしている。そういう意味では、同じはずだ。

「でも……おかしいな、あれ……？」

夏希はつい独り言を漏らした。もし、そうであるなら、自分の魔法はもう少し効果を発揮してもいいのではないだろうか。なにしろ、強かった昔の魔法使いと同じモチベーションをもっているわけなので。

「うーん……？」

わかりそうにもなかった。夏希は考えるのをやめて、棚に陳列されているボトルを拭く作業を済ませることにした。が、そのタイミングを見計らったかのように、祖母が口を開く。

「ああ、そうだ。夏希、ちょっと気分がいいから、ついでにこれも話しておこうかね」

魔女は、空になったグラスの氷を鳴らし、ゆったりと微笑んでいた。

「なに？」

「魔法には色んな種類があるだろ？　一つ一つの魔法がどう生み出されたのか、考えたことはあるかい？」

夏希には、祖母の質問の意味がすぐにはわからず、少しだけ考えた。

なるほど、一口に魔法と言っても、その技は無数にある。料理を美味しくする魔法、水を生み出す魔法、部屋を清める魔法。通常、魔法使いはそうした一つ一つを師から学んだり古文書から読み解いたりして習得していくものだ。夏希はそう認識している。

要するに、先人が使っていた技術を自分も使えるようにしていく、ということである。

では、一番初めにその魔法を使った魔法使いは、どのようにしてその魔法を使えるようになったのか？　考えたこともなかった夏希だが、推測くらいはできる。

「それは……。うーん。なんかこう、優秀な魔法使いが、研究の末に新しい魔法を生み出したりするんじゃないの？」

新しい変化球を生み出すピッチャーのように、今までなかった調理法を生み出す料理人のように。優秀な誰かが辛い努力の末に、あるいは天才的な発想によって。

ある分野における新技術とはそういうふうに生まれるはずだ。

「つまんない答えだね。ハズレだよ」

が、祖母の反応は夏希の予想とは違っていた。

「え、そうなの？　じゃあどうやって？」

夏希の問いかけに、祖母はふっと笑った。

「新しい魔法が生まれるのはね……魔法使いが、大切な誰かを心から幸せにしてやれた時なんだよ。まるで、その誰かを笑顔にできたご褒美みたいに、人々は世界から新しい魔法をもらえるのさ」

今日の彼女は饒舌（じょうぜつ）だった。その目は古い思い出のアルバムを見つめるかのように優しい。

そんな祖母は、いつもより滑（なめ）らかな口調で今の話を嚙み砕いていく。

誰かを笑顔にしたいと願うほど魔法使いの力は強くなる。そしてその願いが届き、大切な誰かを心から幸せにできた時、新しい魔法が生まれる。

たとえば『美味しい料理を作る魔法』を受け継ぎ習得している魔法使いがいたとする。

彼が愛した相手に料理をふるまい、その相手が心底幸せを感じた時、魔法使いはそれまで存在しなかった『料理を温める魔法』を使えるようになり、その時代以降は『料理を温める魔法』も現存する技術の一つとして受け継がれていく。

そしていつか『料理を温める魔法』を用いて誰かを幸せにできた別の魔法使いがまた新しい魔法を世界に誕生させる。

「へー。知らなかったよ。なんか面白いね」

一通り聞き終えた夏希は素直にそう答えた。魔法なんて言うといかにも怪しい響きだが、そういうことであればとても良いもののようにも思える。一応は魔法使いの末裔たる夏希からすれば、もう少し早く教えて欲しかったところだ。

「ただ、最近は新しい魔法が生まれたって話は聞かないね。最後に生まれたのは『嵐を晴らす』っていう大魔法だけど、それも百年は昔のことさ」

祖母は、夏希の内心を知ってか知らずか、グラスを弄びつつそう口にした。それも納得できる。現代において、魔法によって人を心底幸せにするのはきっと難しいのだろう。

「ふーん。ばあ……リリーさんにも生み出せなかったの？　新しい魔法」

夏希は何の気なしにそう尋ねた。この祖母は最後の大魔法使い、偉大なる魔女と呼ばれている人なので、あるいは、と思ったわけだ。

しかし偉大なる魔女はふっと寂しそうに笑う。

「大切な誰かを心から幸せにするっていうのは、難しいことだよ。……あの人が心から笑うのは、海にいる時だけだったからね」

そう答えた祖母が、夏希には一瞬だけ少女のように見えた。栗色の髪と夢見る瞳をもった美しい少女だ。

「えっ……？」

目をこする夏希。そこには、やっぱり六十を超えた、今日はライダースーツを着ている酒で焼けた声を持つ祖母がいた。どうやら、さっき見えた姿は気のせいだったらしい。

海にいる時だけ心から笑う、という『あの人』。それは、サーファーだったという祖父のことを指しているようでもあったが、あるいはただの冗談なのかもしれない。

「もし、私があの人を心から笑顔にさせられていたら、自在に波を起こす魔法が生まれていたかもしれないねぇ。ひっひっひっ……」

不気味に笑う祖母は、それ以上何も言わずに席を立った。案の定会計はしないで帰るつもりらしく、マスターと常連客に手を上げて一言ずつ言葉を交わすと、『じゃあね小僧ども！』と、颯爽とバーの扉に向かっていく。

数秒して、魔女のいなくなったバーではマスターと常連客の男性がそれぞれ夏希に声をかけてきた。

「相変わらずだな。オーナーは……」

「ハードボイルドな婆さんだぜ……」

「ははは……」

夏希はそんな二人に力なく曖昧に笑って答えつつ、今日聴いたことを忘れないようにしよう、と思ってもいた。祖母と魔法について深く話したのは初めてだったし、なにか大切なことのような気がする。

「……よし」

そのうえで、夏希は明日以降のやることを決めた。

魔法というものの性質を考えれば、方向性は間違っていないはずだ。ロコが言うように不純な動機どころか、むしろ正統ですらある。だから、次の魔法を早く覚えて今度こそ更紗を笑わせよう。

ただ残念なのは、そう決意を新たにして夜空を見上げても、そこには更紗の笑顔が浮かばないことだ。なにしろ一度も見たことがないので、想像すら、できないでいた。

※※

夏希の挑戦は続いた。様々な魔法を必死に覚えるべく様々な努力を重ねていく。祖母から直接教えてもらうこともあれば、羊皮紙や巻物に記された魔法書を読み解いていくこともあった。ラテン語や古い英語で書かれているそれらはそうした言語を祖母に仕込まれている夏希でも読み解くだけで苦労するものだったが、それでも毎日毎日続けた。

植物学を学び、名画を観賞し、光の性質についての論文を読んだ。すべて、魔法のためだ。そして、不完全ながらもなんとく習得していく。

それを更紗に披露していくのだ。

たとえば、花を咲かせる魔法。キャンパスを一緒に歩いている時に五月にはまだ咲かない花である菖蒲（しょうぶ）を一輪だけ咲かせてみせた。

更紗は『綺麗、なんで一輪だけ咲いてるのかな、不思議』と言った。しかし微笑むことはなかった。この一輪は、他の花より早く散るのかな、なんてことを気にしていた。失敗。

たとえば、筆を使わず似顔絵を描く魔法。共通して受講している講義で、更紗の隣の席に座った夏希はペンでノートに描くふりをして魔法を使い、可愛らしくデフォルメした更紗の似顔絵を『じゃん！』とばかりに披露した。

更紗は照れ笑いを浮かべることもなく『絵が上手。この人誰？』と言った。夏希は、それでも諦めず、これ君を描いてみたんだよ、追撃してみたが、そうなんだ。可愛いね、ありがとう。とだけ答えた。不発。

たとえば、一緒にランチを食べている時、キャンパスにある噴水に魔法をかけて小さな虹を発生させた。

更紗は『虹色って七色って言われてるけど四色くらいにしか見えないよね』。なんて、冷静な意見を述べてきた。残念。

いずれの作戦も成果を出すことはなかった。彼女がよく読んでいる『世界の爆笑ギャグ百選』と同レベルだと思うと辛いものがある。

そして夏希といる時の彼女は、ときおりふっと夏希を無視することがあった。悪意をもってそうしているという感じではなく、本当に耳が聞こえなくなったような、あるいは意識をどこかに置いてきたような、そんな間だ。だから、いまいち響いているのかどうかわからない。

ただ、そのようなことをしている間に、更紗のことを色々知ることができたのは良かったとは思う。たとえば、実家も湘南であること、でも今は実家を出て医師をしている姉と二人暮らしをしていること、犬よりは猫派であること。それらの情報は彼女と夏希の距離が縮まってきた証(あかし)なのかもしれないが、それでも、当初からの挑戦である彼女を笑わせることについては、進展がないように夏希には感じられていた。

更紗が好きだと言っていたことを思い出し、星や天体観測についてネット検索をしてみたりもした。そのうち話のネタになるかもしれない、と思ったからだ。しかしその種の知識は膨大にあって、結局夏希が覚えたのは、検索上位に出てきたことだけだ。なんでも今年はしし座流星群とかいうものが三十三年に一度の大発生をするらしい。今のところ、この知識は役に立っていないが、とりあえずその発生日をスマホのスケジュールアプリに入れておく。

更紗の笑顔を見るまでの道は思ったよりも険しく、そして遠い。しかし夏希は自分でも意外なほどに、この挑戦にムキになっているようだった。

そのせいで昨日はらしくもない失敗をしてしまった。もっと普通に言うつもりだったのに、あれではまるで必死ではないか。

今、夏希は江ノ島駅のベンチに座っていた。予定より少し早く着いてしまったので、待つ時間ができてしまい、そうすると昨日の更紗とのやりとりを思い出してしまう。

『ぼ、僕と、あの……えっと、あれだよ。あのー』

『ん。なに？』

『だから……、明日、デ』

『で？　で……？』

『で、デートしない？』

嫌になるくらい鮮明に覚えている。最後は声が裏返っていた。

更紗はあっさり、うんいいよ、と答えてくれたわけだが、それが意外なほどによくない誘い方だ。

夏希は頭を抱えた。思い出すだけで恥ずかしい。キャラじゃない、と思う。

何故あんなに緊張したのだろう。別に女の子と二人で出かけることが初めてなわけではないし、どちらかと言えばモテる方だとも思う。いつものように、ごくナチュラルに、軽やかに誘うつもりだったし、デートなんて単語を使うつもりもなかった。

そもそも、更紗と二人で出かけようと思ったのは、いつもの大学という環境以外の場所でなら彼女を笑わせることができるかもしれないと考えたからで、明確な目標があってのことだ。なにも照れることはない。ないはずなのだが。

「？　ナツキ？　どーしたんだ？」

「ほっといて」

移動中は寝ていたロコがバッグのなかから出てきた。一度伸びをすると、どこかに向かって歩き出す。

「そうか。じゃあボクはこれで」

「どこ行くんだよロコ」

「ふっ。野暮を言うなよ。ナツキ。ボクは英国紳士だぞ。恋路を邪魔できるはずもない。デートは二人きりでするものさ。心配するな。そう遠くには行かないぞ」

「なっ、デートってのは言葉の綾で、ちょ、待……」

ロコを呼び止めようとした夏希だが、慌ててそれをやめた。去っていくロコと入れ違いになるように、更紗がやって来たからだ。どうやら夏希の一本後の電車だったらしい。

ロコは更紗とすれ違いざまに足を止めて彼女を見上げ、にゃあと鳴いた。それに気がついたらしい更紗は口元に拳を当ててしばし考えるそぶりを見せる。それから、真顔のままで黒猫と目を合わせて、にゃあ、と答えた。そんな様子はどこか奇妙で、しかしユーモラスでもある。夏希は、気が付けば笑っていた。変に気を使われて決まりが悪いことが消えたわけではないが、心が軽くなったような気がする。

「おはよ、更紗」

夏希は努めて爽やかに声をかけたが、彼女の方は笑いかけてくれるわけでも明るい声をあげてくれることもない。ただ、トコトコと歩いてきて、夏希のそばで足を止めた。そこでようやく一言。

「おはよう」

夏希を見上げて、まっすぐに目を合わせてくる更紗。彼女独特のこうしたコミュニケーションには慣れてきたつもりの夏希だが、今日は少しだけ照れてしまった。

「なんか、更紗今日はいつもと感じが違うね。服とか」

多分、そのせいだ。シンプルなモノトーンのコーディネートが多い更紗なのだが、今日はビタミンカラーのティアードワンピースを着ており、メイクも違う。かなりガーリーな印象を受けた。

別にいつもの恰好が悪いわけではないが、今日の彼女は新鮮だ。

「ん。お姉ちゃんが、着せてくれた。デートだって言ったから」

「へ、へぇ……。あ、でも靴はやっぱりスニーカーなんだね」

「うん。お姉ちゃんが履いてけって言ってた……サンダル？　あれは歩きにくい」

「あはは。なんか更紗らしいね。でも、今日の感じ、可愛いと思うよ」

夏希は努めてそう口にした。本音でそう思っているのだが、何故だがさらっと言うことができなかったのだ。でも言うべきだとは思ったので、夏希なりに頑張った形だ。

自然に思ったことを自然に聞こえるように口にするのに、何故こんなに緊張するのか、よくわからない。

更紗はそんな夏希の葛藤を知る由もなく、純粋に目を丸くしていた。驚いている表情、はなんとなくわかるようになった。

「ホント？」

「え？　ああ、うん。ホント」

「そっか」

更紗の反応は夏希の想定とは違っていた。その表情は相変わらず無機質だが、両手を胸の前でぐっと握りしめている。どういう感情なのか夏希にはわからなかった。

「嬉しい」

「え⁉　マジで？」

「ん。……そう見えない？」

夏希が驚くと、更紗は今度は俯き、目を伏せた。それも一瞬のことで、やっぱり表情はほとんど変わっていない。

「じゃあ、行こうか。実は僕、初めてなんだよね。近くに住んでるとあんまり行かないってやつで」

「うん。私も行ったことない」

夏希が促すと、更紗は隣を歩き始めた。向かう先は新江ノ島水族館である。並んで歩く海辺の街は潮の匂いがして、風が爽やかで、初夏だというのに暑さをほとんど感じない。

夏希は小柄な更紗の速度に合わせて歩みを緩め、彼女の横顔に視線を向けた。無表情。なのだが、潮風になびく髪を押さえて海の方を見る彼女は、どこか気持ちよさそうにも見える。その表情を見ていたくて、夏希はあえて何も話さないでいた。更紗もお喋りではないので、必然として、二人は黙ったままテクテクと歩いていく。

他人から見ると二人連れには見えないかもしれない。でも彼女の肩はすぐそばにあって、それがとても自然で。二人であることを自分たちは知っている。ただ歩いているだけなのに、秘密を共有しているかのようでなんだか面白く思えた。さきほどクールに立ち去ったロコに言われた『二人きり』という言葉が、今はこそばゆい。

更紗がふと、口を開いた。

「気持ちいいね」

「えっ？」

「風」

「そうだね」

夏希は短く答えたが、更紗の心を感じ当てたことが自分でも驚くほど嬉しかった。

※※

新江ノ島水族館に到着した二人は、いわゆる一般的なデートとして立ち寄るコーナーを次々に回った。

球型水槽に浮遊するクラゲ、近くで見ると思ったよりデカいカピバラ、飛沫（しぶき）を上げてショーを見せてくれるイルカ。幻想的であったり、愛らしかったり、豪快だったり、いずれも非日常の魅力を入館者に与えるには充分なもので、初めてだった夏希も魅力的な海の世界に魅せられた。近くに居合わせた家族連れやカップルもはしゃいだり感嘆の声をあげたりしていた。

しかし更紗は、どのポイントでも眉一つ動かすことなく、どこか眠そうにすら見える様子……と、少し前の夏希なら思ったであろう。

実は違う、というのがわかってきた。更紗は無表情だし、声のトーンを上げることもない。しかし、だからと言ってまったく心が動いていないというわけではなさそうなのだ。

たとえばカピバラに近づいた時は、ほんの少しだけギョッとしていた。聞いてみると、予想よりケモノ感が強かったのだそうだ。

浮遊するクラゲを見上げている時は口をあけっぱなしにしていた。そんなことしてないと主張していたので無意識だったらしいが、多分初めての光景に少しだけ驚嘆していたのだろう。

他にも、館内のあちこちに記された様々な説明文を読んでは一人で頷いたり、首を傾げたり。知らない子どもと並んで水槽をのぞきこんだり。よく見ると、更紗はちゃんと色々なことに反応している。とても小さく、でもたしかに。

もしかしたら。夏希は思った。無感情に見える彼女は、実はとても素直なのではないだろうか。ちゃんと喜怒哀楽があり、純粋にそれを表に出している。

笑顔を見せないのは、ただ彼女が笑顔になれるほどのことがないだけのこと。

いつも自分を偽って、周りに合わせて笑っている人もいる。たとえば夏希自身のように。

でもきっと彼女はそうしない。いや、できないのかもしれない。

「夏希」

ふと気が付くと更紗が夏希のシャツの裾を摘んでいた。考え事をして黙りこんでいた夏希の意識が、水族館に戻される。

「あ、ごめん。なに？」

「あっち。ペンギン、見に行きたい」

更紗はポツリとそんなことを口にした。セリフとは裏腹に少しも声は弾んでいない。だが、きっと本当に見に行きたいのだろう。夏希としても、ちょうど良かった。本日のメインイベントはペンギンの水槽で実施予定だからだ。

「そうだね。僕も見たい」

「うん」

珍しく更紗が夏希の前を歩いた。足取りはいつも通りだが、足音のリズムがいつもと少し違う気がする。

ペンギンの水槽前に到着。数羽のペンギンが陸上をヨチヨチと歩いているところだった。

一羽のペンギンが足を滑らせて水中にどぼんと落ちた。その滑稽ながら愛らしい姿に周囲の入館客たちは声をあげ、微笑ましい光景にあちこちで笑いが漏れていく。が、更紗の視線は水中に落ちたペンギンのその後を追っていた。夏希もそれにつられてしまう。

間抜けな姿を見せたペンギンは、水中では滑らかに動いていた。泳ぐというよりはまるで水中を飛んでいるようで、その自由自在な様子が美しい。多くの人間に見られていることとなんてまるで気にならないようで、なんだか気持ちよさそうだ。

「カッコいい」

更紗はそんなペンギンをこう評した。ペンギンについての評としてはなかなか珍しいように感じるが、今は夏希にも同意できる。

独特で瑞々(みずみず)しい彼女の感性が心地よく、ただペンギンを観察すること数分。夏希はようやく今日使う予定だった魔法のことを思い出した。ペンギンの生態についてレポートが書けるほど詳しくなり、鳴き声の聴き分けにも時間を割いてやっと習得した魔法である。

いかにも魔法っぽく、普通の人間にはけっしてできず、しかしあまり役に立たない魔法。これで、今度こそ笑わせてみせる。

「更紗、あの辺のペンギンたち、なんか面白い動きしてない？」

「ん？」

更紗に声をかけると同時に、夏希は指を鳴らした。淡い光が指先から漏れ、そこから人間には聞き取れない周波数の音が響く。その音は水槽のガラスを貫通してペンギンたちの数羽に届いた。

これは『鳥に願い事をする魔法』である。願い事は単純な内容だけ、しかも聞いてくれるかどうかは鳥次第というなんとも使い勝手の悪い技だ。

「おー……」

更紗が驚いた声をあげた。ペンギン相手にはぶっつけ本番だったので成功する確信はなかった夏希だが、意外にもペンギンたちはすぐに泳ぎの方向を変え、更紗の前に集まってくる。

ペンギンの代わりに野生のカラスに試してみた時はガン無視されたが、水族館のペンギンたちはノリがいいらしい。あるいは、未熟な夏希なりに魔法の腕が上がったのかもしれない。

彼らはガラスのすぐ向こう側までやってきて一列に並ぶと、一斉に踊り始めた。短い羽根を上下にぱたぱたと振って、右を見て左を見て。いわゆるモンキーダンスなのだが、ペンギンなので必死なわりにちゃんとできていない。しかしそれゆえにユーモラスで可愛らしくもある。

入館客、とりわけ子どもたちの歓声と笑い声があがり、視線が踊るペンギンと更紗に集まった。

更紗の首がペンギンたちのダンスに合わせて小さく揺れる。膝に手をついた彼女はノリのよいペンギンたちのショーを最後まで見てくれた。そして夏希に向かって顔を上げる。緊張の一瞬だった。

「ペンギンって、盆踊りできるんだ」

目が合った更紗はほんの少しだけ表情を和らげ、素朴な驚きを見せてはいたが、少しも笑ってはいなかった。

「ダメかー」

夏希が項垂(うなだ)れたのと、モンキーダンスを終えて向こうに泳いでいくペンギンたちが振り返るのは同時だった。ショックを受けたのは、夏希だけでなかったのかもしれない。

「どうしたの？」

「あ、いや。別になんでもないよ」

渾身(こんしん)の魔法が不発だったことに軽く落ちこんでしまった夏希。更紗は小首を傾げてそんな夏希を見上げてきた。変わらず無表情、ではない。気のせいかもしれないが、目元が悲しげに見える。

「夏希は楽しくない？」

予想外の質問だった。考えてみればここに来てから夏希は更紗のことを考えて黙りこんだり、魔法を使うことに集中しすぎていたかもしれない。しかしそれを更紗が気に掛けるとは思ってもみなかったことだ。

「そんなこと……」

夏希はそこで言葉を止めた。彼女の質問から、ある気持ちを読み取ったからだ。夏希『は』。と更紗は言った。彼女はいつもまっすぐな言葉を使う女の子だ。周りに合わせるために嘘をついたり、思ってもいないことを言ったりはしない。その彼女が言った言葉は、夏希の胸に甘い痺れをもたらした。だから笑って答える。夏希は意識して笑顔を作るのが上手だが、今はそんな必要はない。

「そんなことないよ。僕も、楽しい」

「そっか。よかった」

嬉しそうな顔には見えなくても、更紗は今の夏希の言葉を否定しなかった。

「じゃあ、行こ」

盆踊り風のモンキーダンスをしてくれたペンギンに手を振り、更紗が歩き出した。

「次どこ行く？」

「お腹空いた」

「そう言えばもうお昼だね」

「ん。今日は、私がゴハン奢る」

「マジで?」

「マジで」

水族館併設の食事処に向かう二人。夏希は知らなかったが、オーシャンカフェがあるのだと更紗が教えてくれた。ここに来るのは初めてと言っていた彼女なので、事前に調べてくれたりしていたのかもしれない。

夏希が今日のために準備した魔法はさっき使ったものだけなので、今日はもうチャンスがないだろう。だが、それはそれでいいと思えた。今日はもうこのまま普通に水族館で遊べばいい。なにしろ、夏希も楽しいのだから。そしてこれは、デートだから。

並んで歩く二人の肩と肩の間の距離は、来た時より少しだけ小さくなっていた。

※※

更紗とのデートの翌日、夏希は海辺のカフェに来ていた。座るのはテラス席だ。

どうしてこのお店に入ったかと言うと、ロコがどうしてもここのショコラスコーンが食べたいと言ったからであり、何故テラス席かと言うと猫連れでもOKなのがテラス席だけからだ。なお、通常、猫はチョコレートを食べてはいけないのだが、ロコは一応使い魔なのでその辺は彼自身の魔法でクリアしている。

ボクは生物学的にネコである前に英国紳士だからな！　スコーンと紅茶を楽しめないと困る！　のだそうだ。

夏希は、と言えばそこまで甘い物が好きなわけではないので、コーヒーを啜るのみだ。はしゃいでいるロコとは逆に、さきほどからテーブルに置いた羊皮紙を読みつつ、考え事をしていた。

「ナツキ！　やはりここのスコーンは美味しいな！　……ん？　どうかしたのか？　心配事でもあるなら相談に乗るぞ！」

チョコレートクリームでヒゲを汚したロコが、夏希の様子に気付いて前脚を上げた。なので、夏希はいくつかの魔法について記されている羊皮紙をいったん片付ける。

「や、次はどんな魔法使おうかな、って考えてた」

夏希はテーブルの上の紙ナプキンでロコの口元を拭きつつ答える。更紗を笑わせようとしてしばらくが経つが、なかなか攻略の糸口が見えてこない。

「ふーむ。なるほど。ボクも彼女に気付かれないくらいの距離で見守っていたりはしているけど、たしかに苦戦しているな」

「そうなんだよねー」

更紗と過ごす時間は確実に増えていて、最近ではそれ自体が楽しくなってきた感がある。しかし目的は夏希が楽しむことではなく更紗を楽しませることなので、考えてみれば本末転倒な方向へ進んでいる気がしないでもない。それはマズイかもしれない。使える魔法は増えた。魔法の効果も前より強くできるようになった。でも更紗の無表情が崩せない。

「なんかさぁ、昔の魔法使いがちょっと羨ましくなってきたよ」

夏希は愚痴交じりにそんなことを呟いた。

「？　どういう意味だ？」

「だってさ。魔法使いが活躍した時代って、便利なものがなんもないじゃん。それなら魔法で人を幸せにするのって今より簡単じゃない？　水を濾過する魔法とか、箱のなかを冷たくして食べ物を保存する魔法とか使っただけで、周りの村人さんは幸せじゃん。で、笑ってくれるわけでしょ」

夏希の考えはただの推論だが、多分間違っていないと思っている。『誰かを心から笑顔にできた時に生まれる』と聞いた『新しい魔法』がここ百年以上も生み出されていないのがその証拠だ。

　現代では、魔法で人を幸せにするのは難しい。水道を捻れば飲める水が出るし、冷蔵庫は家電量販店で買えるのだから。しかも、夏希が笑顔にさせたいと思っている更紗は現代人のなかでもかなり難易度が高い相手だ。

「……まあ、ナツキの言うことも一理ある」

「百理くらいはあるでしょ」

「しかしだな！　そうして魔法を使わなくなれば、新しい魔法が生まれることもなくなって、魔法使いの力も落ちて、無くなっちゃうじゃないか！」

「だから今はそんな感じになってきてるじゃん」

　夏希の溜息に、ロコはうぐ、と口を閉ざした。もともと、夏希はそれほど魔法使いという存在に対して肯定的ではなかったわけだが、事情を詳しく知るにつれてそのスタンスは間違っていなかったのでは、と思えてくる。誰かを笑顔にするために、という在り方は綺麗だが、それは今ではナンセンスなのかもしれない。

　それはわかっている。なのに夏希は毎日魔法の修行をしていて、今だって次はどんな魔法を習得しようかと真剣に考えていた。矛盾しているのだが、やめようという気になれない。

「じゃ、じゃあサラサのことは諦めるのか！」

ロコが両前脚を広げて椅子の上で立った。

「そこなんだよなー。それはなんかなー」

夏希はカフェのテーブルに突っ伏した。まったく諦めようと思っていないことに驚く。自分でも驚くほどに、かつてないほどに魔法を学ぶモチベーションが高い。謎だ。あの、素直なくせにわかりにくく表情を変える女の子が笑うところが、どうしても一目見たい。

ロコは、ほっとしたように再び椅子の上に座った。それから、なにやら頭を捻っている。多分考え事をしているのだ。夏希はあえて口を挟まず彼の言葉を待った。

「わかったぞ！　こういうのはどうだろう。現代の魔法使いにしかできないことだぞ」

「え、なんか思いついたわけ？　すごいじゃん」

「ふふん。いいか、あそこを見てみろ」

ロコが前脚で示したのは、カフェの隣にある楽器店だ。なにやら得意げな顔もしている。

「まずだな……」

夏希は、ロコの提案を受け、夏希は大きく頷いた。

たまには役に立つ猫だ。そう言えば使い魔だったなコイツ、と思い出す。

※※

ロコの提案を受けた夏希は数週間かけて新しい魔法を習得した。今度こそは、と思ってもいる。

そして今日だ。

夏希は、湘南界隈でも音楽が盛んな藤沢エリアの、ライブハウスにいた。それも、ギターを持ってステージに立っている。

「おい毬谷。大丈夫か？　あんま緊張しないで、楽しく行こうぜ！」

かけられた声に夏希が振り返ると、そこにはドラムセットを前にして座る軽音サークルの先輩、松平がいた。彼は準備運動のようにドコドコとスネアを打ち鳴らしつつ、楽しそうにしている。

「あ、すみません、先輩。大丈夫ですよ。それより、ホント今日は加えていただき、ありがとうございます」

「いいってことよ。ってか、メンバー足りてなかったしな！　お前がギター弾けるって知ってたら最初から声かけてたわ」

「はは……。今日やるやつしか弾けないんですけどね」

「バカ言うなよ。なわけねーだろ。今日の曲、難しいんだぜ」

夏希は力なく笑ったが、松平はそれを謙遜と受け取ったらしく、陽気に笑った。この先輩は気のいい人なのだが、夏希が言ったのはただの事実だ。夏希は祖母の教えを受けてバイオリンとピアノは少しだけ弾けるが、バンドで使うようなエレキの楽器はまったくの素人である。

今夜は、新たに習得した魔法を使う予定だ。楽器の構造、作り手の想いを学び、感じ取り、楽曲の背景を理解し、音を心の中で再現できるようになって初めて使える『弾かなくても曲を奏でる魔法』である。この習得には、かなりの努力を要した。

楽器店でバイトをしている先輩に頼みこんで楽器を勉強させてもらったし、譜面の理解に徹夜した。それでようやく一曲だけ。もちろん、この魔法は一からギターの演奏を身に付けるよりは簡単かもしれないが、一曲だけにしか使えない。

ただ今回の場合、一曲披露できれば問題はない。そして、これまでの魔法より完成度という意味では自信があった。

「……来てくれてるかな」

夏希は他のベースやキーボードのセッティングを待つ間、客席を見渡してみた。後ろのほうにちょこんと佇んでいる彼女が目に入る。更紗だ。

彼女を誘ったのは、二日前。ちょっと急すぎるかも、と思ったが、更紗は行きたい、行ってみる、と頷いていた。彼女が約束を破るとはまったく思っていなかったが、夏希は更紗の姿を見てホッとしていた。

更紗は天井や壁を含めた周囲をきょろきょろと見渡し、少し口をあけていた。多分、珍しがっているのだとわかる。夏希も、ずいぶん彼女の小さな表情の変化がわかるようになってきた気がする。

更紗がこちらに気付いて、二人の目が合う。夏希は軽く手を上げてみた。更紗周辺の観客たちがそれに反応して声をあげる。更紗はそれに驚き、また周りを見て、それから自分を指差した。その様子がなんだかおかしくて、夏希の方が笑ってしまいそうになる。

「じゃあ次の曲行くぜー！　今日はコイツ、サークルメンバーなのに飲み会にしか参加してなかった毬谷がギターやります！」

セッティングが終わったらしく、後ろから松平の声が聞こえた。同時に夏希を呼ぶいくつかの高い声が客席からあがる。そう、今日は一応籍だけ置いてある軽音サークルに頼みこんで、ライブに一曲だけ加えてもらうことになっている。目的はもちろん、この数週間やってきたのと同じものだ。

夏希は更紗だけに声をかけたのだが、松平の宣伝によって夏希の知人も多く来ているらしい。自分が緊張していることに夏希は気が付いたが、これはステージに立っているという非日常のためか、多くの知人に見られているためか、それとも更紗に渾身の魔法を届けるつもりだからか。そこはよくわからなかった。

「ワン、トゥー、スリー！」

松平の掛け声でスティックを打ち鳴らす音を聞いて、出遅れないようにギターを弾くふりをする夏希。弾いているふうに見せる動きもそれなりに練習していたが、バレないかとヒヤヒヤしてしまう。でもそれは表に出さない。

軽やかに演奏しているフリをしつつ魔法を発動させ続け、ギターに繋がったアンプから弾んだビートを奏でさせる。曲はジョニー・B・グッド。世にも不思議な、本物のギターを使った、弾いていないのにロックを鳴り響かせるエアギターだ。

『弾いていないのに曲を奏でる魔法』は、大昔からあるものだが、エレキギターは現代の技術によって生み出されたものだ。なので、現代の魔法使いならではアドバンテージがあり、これなら勝機があるのでは！　という、ロコのアイディアである。

手にしたギターから響く刺激的な爆音を聴き、夏希も手ごたえを覚えた。わりと難しい魔法なのだが、思いのほか上手くできてる。最近自分でも成長を感じている夏希だが、それは勘違いではなかったらしい。

ステージ上の夏希は、有名な映画のワンシーンを真似するようにおどけて、ダッグウォークや背面弾きも披露する。実際は弾いていないのでやりやすい。道化のように、あえて芝居がかった大仰な動きをプラスすることも忘れない。

飲み会専門メンバーのはずの夏希が魅せるインチキプレイは、ライブハウスをおおいに沸かせた。演奏自体はちゃんとやっているように聴こえているため、歓声もあがっているし、一方でユーモラスな演奏の光景に笑い声があがっている。

皆にはウケている。これは、いけるのでは。

サビに差し掛かった夏希はギターを振り回しつつ、更紗のほうに視線を向けた。

どうですか⁉　と問いかける気持ちだ。

更紗は驚いた表情をしていた。そして意外にも、手拍子を叩いていた。その手拍子は、まるで演歌に合わせる合いの手のようにゆっくりしていた。ときおり周囲の観客を見ては、そのリズムを修正しようとして、失敗している。

おそらく、周りが盛り上がって手を叩いているのに気づいて、彼女なりに合わせようとしてくれているのかもしれない。

そうこうしている間に、たった一曲だけ身につけた演奏が終わり、夏希はギターを大きくかきならす仕草をしてフィニュッシュを決めた。

もう一度更紗を見てみる。彼女は小さな手を小刻みに動かして拍手を贈ってくれていた。口をあけて何か声を発してもいる。演奏終了後のライブハウスはガヤガヤとうるさく、彼女の声は聞こえないが、『おぉー……』と、彼女を知らない人には無感動に聞こえる歓声をあげているのだろう。

ただやはり、彼女は微笑んではいなかった。

※※

エア演奏を終えた夏希はライブハウス受付前のソファで更紗と落ち合った。更紗はライブハウスに来たのが初めてだったためか、熱気にあてられて頬が上気している。

「はい、これ」

「……」

夏希はソファに浅く腰かけている更紗にペットボトルを差し出す。が、更紗はなにやら考えこんでいるのか、それともぼーっとしているのか、ペットボトルに気が付かなかった。

「……へへ」

イタズラ心がわいた夏希は、まだキンキンに冷たいペットボトルを更紗の頬に軽く押し当ててみる。

「ひゃいっ！」

また、更紗の新しい反応が見られた。彼女はらしくない上ずった声をあげるとソファから小さく飛び上がった。そしてそのまま、何事もなかったかのように着地すると、細めた目で夏希を見て一言。

「冷たい」

もう、いつもの淡々とした口調だ。直前の反応が子どもみたいだっただけに、落差が面白い。

「ははは、ごめん」

夏希が笑って謝ると、更紗はむぅ、と眉をひそめてペットボトルを受け取り、それを今度は夏希の頬に押し付けてきた。

「……？　更紗？」

「復讐」

最近の更紗は一音だけではなく、一語を発してくれる割合が多くなった。ただ、冗談でやりかえしているのか、本気なのかわかりづらい。

「あー……」

冷たいことは冷たいのだが、しっかり視界に入った状態でゆっくり押し付けられたペットボトルだし、それに更紗が真顔なのでリアクションが取りづらくもあった。

「つ、冷たい」

「ん」

「冷たくて、気持ちいいね」

「！」

夏希がからかい交じりに感想を言うと、更紗は口元をわずかに曲げ、変な顔をした。

多分、ショックを受けている。

「ははは、こういうのって不意打ちじゃないとダメじゃん」

「なるほど。次は不意打ち、する」

今度は真剣な顔でこくんと頷くと、ペットボトルを両手でつかみつつ何やら不穏な宣誓をする更紗。夏希は吹き出しそうになりつつそれをこらえた。

「疲れたでしょ。今日は急でごめんね」

イタズラの件から話題を変えて、夏希はそう切り出した。今日更紗を誘ったのは夏希のワガママで、もう時間は遅い。ここが繁華街であることも考えて、彼女を送っていくつもりだった。

更紗は夏希の言葉を受け、小首を傾げる。

「？　疲れてない。面白かった」

更紗は目を丸くして、夏希を見つめた。身長差のせいで、二人とも座っていても見上げられる形となる。彼女が呟いた言葉が、夏希には嬉しかった。

「そっか。えっと、ならよかった」

「ん」

更紗は、いつも端的な言葉しか使わず、コミュニケーションがあっさりしている。でも、だからこそ正直で、まっすぐで、嘘がない。そのくらいのことは、いつもふざけている夏希にも、いや、そんな夏希だからわかる。笑顔が見られなかったのは残念ではあるが、夏希は救われる思いがした。彼女の言葉をしばらく黙って噛み締めたくなるくらいには。

夏希が黙っていると、更紗も黙った。

夏希たちの座っている受付前では、まだ行われているライブの音量が分厚いドア越しに聴こえてきて、本来は爆音のはずのそれが、今の二人にはちょうど良く感じられる。

しばらくして、通路の方からガヤガヤと人の話し声が響いてきた。今日のライブは複数のバンドが合同で行っているので、順番が終わった何組かのバンドメンバーが控室から出てきたのであろう。通りかかったそのうちの一人が、夏希の姿に気付いた。

「ここにいたのかよ毬谷。お疲れ。どうだ？　俺らあとで打ち上げ行くけどお前も来ねぇ？」

声をかけてきたのは、さきほど一緒に演奏をした松平だった。ライブの興奮を残した彼は、彼はメンバーや観客といった何人かの人たちと一緒に盛り上がっているようだ。

「あー……えっと、僕は……」

夏希は口ごもった。更紗は、互いに話していなかったせいか連れだと認識されなかったらしい。更紗も誘って打ち上げに参加してもいいかも、とは思ったが、軽音サークルの飲み会はわりと荒っぽくなることが多く、更紗が戸惑ってしまう気もした。それに、今出てきた何人かが、更紗に気が付いて何やらヒソヒソと話していた。おそらく学内で浮いた存在であることを知っていて、そんな彼女が一人でこんな場所にいることを奇妙に思ったのだろう。

「すみません。今日はちょっと用事があるんで、帰ります」

夏希が断ると、何人かが声をあげた。

「えー？　毬谷くん来ないの？　いいじゃん」

「お前来た方が盛り上がるんだけどなー」

とか、そういうものだ。

「やー、東洋史のレポート、明日までなんすけどまだ一文字も書いてないんですよねー。西村（にしむら）教授ってガチギレするじゃないっすか。僕去年もやらかして、あの魔界のような研究室の掃除させられる羽目になんたんですよね……ははは」

「お前マジかよ！　それはヤバいぞ。ってかなんで前日にライブなんかやってんだよ。余裕かましすぎだろ！」

「毬谷くんて、いつもギリギリで生きてるよねー、ウケる！」

夏希が軽い口調で話した、事実の混ざった冗談で場が和らぎ、松平が答えた。

「そか。んじゃまた今度な！」

「はい。ありがとうございました。じゃあ、行こうか」

夏希は更紗に目配せをすると、松平に挨拶をして立ち上がった。それに更紗も続く。さすがにそうなると、二人が一緒に帰っていくということが明白になるので、その場にいた人たちに軽いどよめきが起こる。二人の組み合わせが意外だったということだろうか。

夏希は、それに気が付かないふりをしてライブハウスを出た。

※※

ライブハウスから駅までは何通りかの行き方がある。しかし夏希はあえて海沿いの大きな道を選んだ。時間的にはどれでもたいして変わらないし、月明かりの下、更紗と歩くのならなんとなくこっちがいいな、と思えたからだ。

時間のせいか、車の流れはほとんど無く、潮騒(しおさい)と二人の足音だけが夜に響いていく。夏希は空を見上げながら歩いていて、隣にいる更紗は俯き加減に海を見ながら歩いていた。

なにか考えこんでいるようにも、あるいはぼーっとしているようにも見える。そんな時はたいてい、足取りもおぼつかなくなる。

彼女はときどきそういうことがあって、夏希はあえてそれを気にしないことにしていた。

海沿いのこの道は踏切越しに見える風景などが美しく、ドラマや映画でもよく使われるような明るく爽やかな場所だ。なのに、夜に二人で静かに歩くここは、まるで違う場所であるかのように夏希には思えた。ライブハウスで火照った体に風が涼しくて、月明かりを反射する海がぼんやりと輝いていて。夏希は、小柄で歩くのが遅い更紗に合わせてゆっくりと歩いていたが、それがまったく嫌ではなかった。

「ねえ」

ふと、背中越しに声が聞こえた。気が付くと隣に更紗がおらず、足を止めたのだと気づいた夏希が振り返ってみる。

「ん？　どうしたの？」

「前に言ったこと」

更紗の言う、前というのがいつのことなのかわからない。また、更紗が歩みを進めて追いついてこないので、夏希も足を止めた。海に繋がる斜面と歩道を分けるガードレールに腰かけ、足をブラブラさせながら更紗に問いかける。

「前って、いつ？」

「やっぱり夏希がすごくない、って言ったこと」

更紗も、夏希と並ぶようにしてガードレールに腰を乗せた。小柄な彼女なので、ほとんど足が地面に付いていない。

「あー、サークルにたくさん入ってるけど、そんなに活動してないってやつ？」

更紗が言わんとしてることを思い出した夏希に、彼女はこくんと頷く。

「よく考えると、やっぱりすごい」

「え？　ああ、今日の演奏は、あれしかできないんだよ。だから全然……」

「そうじゃなくて。あ、それもだけど」

それから更紗は少しだけ口を閉ざし、しばらくしてから続けた、

「いろんなことができて、それからあんなふうに、サークルとか……大学でも、たくさんの友達がいて、いつもみんなで笑ってて、すごいと思う」

さっきから何を考えているのかと思っていた夏希だったが、更紗の言葉は予想外だ。彼女がそういうことに価値を感じるとは思っていなかった。彼女は初対面の時に、夏希のことをヘラヘラした人、と評したくらいなのだから。

「いや、別にたいしたことじゃ……」

「そんなこと、ないよ」

更紗はゆっくりと首を振り、それから俯いた。よく考えてみると、と彼女が言うからには、本当によく考えたのかもしれない。あんな些細な会話を、何週間も経ってから話題にするなんて相当のことだ。

夏希が返答に窮していると、更紗はポツリとこう口にした。

「夏希が頑張ってそういうふうにしてるって、わかるから」

更紗の指摘に、夏希はぎくりとしてしまった。

たしかに、毬谷夏希は人当たりが良い。男友達も多いし、先輩には可愛がられ、女の子にも好かれている。いつも爽やかに、朗らかに、自然体に、そのくせ器用に。でもそれは夏希本来の性格によるものではなく、そうあるよう努めているだけだ。

だが、それを誰かに見抜かれたことはなかった。

「ごめん。悪く言ってるわけじゃないよ。言葉通り、すごいな、眩しいなって思ってる」

夏希が答えられずにいると、更紗が少しだけ慌てたようにそう続けた。彼女のことだからきっと、フォローというより本心なのだろう、とも思う。

「……わたしには、できないから」

一見すると、彼女の表情はいつも通りの無表情。ただ、近くの街灯と月明かりに照らされた伏し目がちな横顔から、夏希は寂しさのような想いが感じ取れる気がした。

「そ、そうかな。たしかに友達は多い方だと思うけど、別に多ければいいってわけじゃ」

なにか言わなくては。夏希はとっさにそう口にした。

「たくさんの友人がいるより、少ない親友がいる方がいい、みたいにも言うじゃん？」

夏希は何かの受け売りの言葉を話しつつ、自分にとっての親友を思い浮かべようとした。

しかし、特定の誰かが思い出されることはない。

更紗は目を閉じて答えた。

「わたしは、友達がいないし」

「……そ、そっか……」

さすがに、これには夏希もうまい切り返しができない。

「私、この前バイトの面接に行ってみた」

苦笑いをしていた夏希に無感情な目を向けた更紗は、また予想外な話題を振ってきた。それとも、これは今の話題の続きなのだろうか。判断ができなかった夏希は、とりあえず黙って、真面目な顔で続きを待った。

「ファミレスのウェイトレス」

夏希の脳内に、ウェイトレスの制服姿の更紗が思い浮かぶ。何故か可愛らしいフリルのついた、クラシックなタイプの制服。眠そうにも見える無表情な女の子が、そんな制服を着てコーヒーを注ぐ姿がアンバランスで、でもそこが魅力的にも思える。ちょっとそのお店に行ってみたい。

「ああ、なんか意外かも。でもイイ感じじゃん？」

「うん。新しいこと、しなきゃと思って」

「え？　そーなんだ。なんかよくわからないけど、やりたいんなら、いいじゃん」

「落ちた」

「え」

囁くようなボリュームで更紗が伝えたことは、普通はあまりないことだ。バイトを募集しているファミレスなんてものは基本的に人手不足のはずで、そこにこの辺りの若者としてはそこそこ偏差値が高いはずの可愛い女子学生が応募して、落とされる。かなり珍しい。

「ざ、残念だね……」

「うん。残念」

更紗が残念と言うのなら、本当にそこで働きたいと思っていたのだろう。彼女は、海風になびくボブカットを押さえた。その手に瞳が隠れる。もしかしたら、見えなくなった瞳には涙を滲(にじ)ませているのでは。夏希にはそんな気がした。

「店長さんに、言われた」

更紗が髪を押さえていた手を離した。やっぱり泣いてなんていない。さっきのは夏希の勝手な想像だったようだ。

「なんて言われたの？」

「可愛い女の子なんだから、笑ってみてよ。って」

「あー……」

そういう場面の想像が、容易にできてしまう。ウェイトレスは客商売で、客商売に笑顔を求める人は多いはずだ。でも、その場できっと更紗は。

「頑張ってみた。すごく頑張った。でも、笑えなかった。どうしたらいいか、わからなかった。だから、落ちた」

更紗の言葉は淡々としていて、表情もない。月明かりが照らす横顔がただ綺麗で、それなのに夏希は辛い気持ちになる。

「笑うのって、難しい」

更紗はそう言うと、両手の人差し指を自分の口角に当てて、小さく持ち上げた。

「……にっ」

口でそう言いつつ、口角を上げる更紗。口元は笑顔の時のそれと似た形になる。ただ、それは決定的に笑顔とは違っていて、どこか無機物のようだ。

「にっ」

更紗はそれを繰り返し、上手くいかないことを嘆いてか、うー、っと小さな声で唸(うな)った。

きっと、更紗はその仕草を何度も鏡の前でやったのだろう、そんな気がした。

今度は目じりにも指先を当てて強制的に緩める。それはもはや変顔のようでもあるし、無表情な顔を手で動かす様はロボットのようでもある。ある意味ではユーモラスな顔になっている。

なのに。

「……やめなよ……」

夏希には、そんな彼女を見ているのが、痛かった。そして、その店長とやらに腹が立つ。

自分がこんなに苦労して笑わせようとしている女の子に、気軽に笑ってみろなんてよく言える。彼女にこんな顔を、と言っても無表情なのは変わらないのだがとにかくこんな顔をさせるな。理不尽なのはわかっているが、ついそう思ってしまっていた。

「？　やっぱり、変？」

「……変じゃないよ。でも、その顔面白くて僕が笑っちゃいそうだから」

「そっか。じゃあ、今度不意打ちでやってみる」

「あはは。期待してる」

夏希は変顔のまま真面目に未来の犯行予告をする更紗に笑いかけた。更紗は、伏せていた顔を上げて、星を見上げた。

「そういうこと」

「どういうこと？」

聞き返した夏希に、更紗が眉を顰（ひそ）める。察しが悪いなぁ、とでも言いたげな顔だ。

「私は、笑ったり、喜んだりするのが、下手。頑張ってもできない。いつもみんなに嫌われたり、怒られたりする」

夏希は何も答えられなかった。正直に言えば、彼女が今話したことは知っていたことだし、それはそうだろうね、とも思ってしまう。たとえそう思う自分がたまらなくイヤだったとしても。

「だから、いつもたくさんの人と楽しそうに笑ってる夏希は、やっぱりすごい」

星を見上げていた更紗が、今度は夏希を見た。並んで腰かけているガードレールの上で、二人の目が合う。距離は、とても近い。

「……そんなことは……」

夏希は、更紗のまっすぐな言葉に目をそらしてしまった。僕なんて、そんな立派なものじゃない、と知っているからだ。自分が周りの人と上手くやれているのは少しばかり器用なだけだ。それも、更紗のように本心で付き合っておらず、小さな嘘をついてばかりだからだ。ある時から続けているそんなふるまいが、生き方が、いつしか癖になっているだけのことだ。

「時々、私にも話しかけてくれる人はいる。でも、私は上手く笑えないし、こんなだからみんないなくなっちゃう。こんなにずっと話してくれるのも、夏希だけ。夏希といると、私でも楽しいなって思える時がある。とっても、すごい」

見つめてくる更紗の瞳がまっすぐで、唇から紡がれる言葉が純粋で。

自分と彼女はなんて違うんだろう。夏希はそう思った。

「そんなことないよ。すごいのは……」

君の方だ。そう伝えたいが、伝えてもきっとわかってもらえない。夏希は、正直に言えば感動していたのだ。

無表情な更紗は、いつも一人でいる。それは、彼女がそういう人だからだと思っていた。誰かに陰口を言われても、誰かに避けられても、嫌われても。あえてそうしている、何も気にならない人なんだと。

でも違った。これまで接してきて、今の話を聞いてわかった。

彼女は、笑うことができなくて。だから人から遠ざけられている彼女は、それを知っていた。そのうえで笑おうとしていた。誰かと繋がろうと、頑張ろうとしていた。

そんな人が、混雑した学食でたった一人毎日食事をしていた。周りから浮いていることを知っていて、気にしていないながらも、一人で。

夏希にそんなことができるだろうか。そんな強さがあるだろうか。

更紗は自分を偽らない、飾らない。

人混みで感じる孤独のなかで、一人で立っている女の子。とても素直で、だけど不器用。それが初美更紗なのだ。

いつもヘラヘラしている毬谷夏希という魔法使いから、なんて遠くにいるのだろう。

もしかしたら僕は彼女のそういうところに惹きつけられたのかもしれない、と思う。

「……夏希？　なに？」

「いや、無理に笑ったりしなくていいと思うよ。えっと……」

夏希はさっき言いかけた言葉は飲みこみ、別の言葉を言うことにした。

もともと、夏希が更紗と接するようになった目的。思えば、あの時更紗が『待ってる』と言ったのは、どういう気持ちによるものだったのだろう。

夏希は、あの時とは違う気持ちで同じ意味のセリフが言える気がした。

更紗に、僕は君が思うような人間じゃないなんて言うのは簡単だけど、何の意味もないから。ありがとうと言ってくれた更紗の想いを、裏切らない人になりたいから。

一つくらい、本当のことがしたいから。

「僕が、笑わせてみせるから」

さすがに照れくさくて、夏希は自身の頬を掻きつつ空を眺めてそう言った。すると

むしろキザすぎてふざけている感じになったような気がするが、もうしょうがない。

自分はいつもヘラヘラしている毬谷夏希として、彼女を笑顔にしたい。

更紗は、自身の胸に手を当てて頷き、またいつもの一音の返事をした。

「ん」

その一音はただの一音だけど、いつもと少しだけイントネーションが違う。今のそ

れは、夏希も初めて聞いたものだった。

「ありがと」

思いがけず伝えられた感謝の言葉。その横顔はいつもより柔らかくて、温かい。もしかしたら、嬉しいと感じてくれているのかもしれない。

更紗は、夏希のシャツの袖を遠慮がちに摘んでいた。

夏希はらしくもなく、固まってしまった。胸のあたりから、熱くてぴりぴりした何かがこみ上げてきて、それに感電してしまったようで、いつものように軽い口調でおどけてみせることさえ、できない。

二人の間に再び下りる沈黙。それを破ったのは、夏希でも更紗でもなく、飛びこんできた黒い毛玉だった。

「ふう、黙って聞いていれば……。これは見ていられないね。やむをえないな！　ボクも今後はナツキに協力してやるぞ！」

黒い毛玉、ロコはさっきからその辺をうろついていたのだが、バッチリ聞き耳を立てていたらしい。偉そうに言いつつ、夏希の右肩に乗ってきた。

「わ。猫……？」

突如出現した黒猫に、更紗は少しばかり驚いた様子だ。当然のように夏希の肩で干された布団のようになっているのが不思議らしい。

「こうして会うのは初めてだね。ボクは誇り高きマリヤの使い魔、ロコティアッカ・ファーネリア・オブ・ザ・ノーザンプール三世だ。よろしくレイディ」

ロコは長ったらしいフルネームを名乗ったが、もちろん更紗にはみゃーみゃー言っているようにしか聞こえないはずだ。仕方がないので、夏希がフォローする。

「コイツはうちの猫で、ロコって言うんだよ。勝手に散歩してたみたい」

「そうなんだ。なんだか、品のいい猫だね」

更紗はその説明に納得したのか、そっとロコに手を伸ばした。なお、ロコは本人、ではなく本猫が大変な綺麗好きなため、長い黒毛はいつでもフワフワのふさふさである。

「わかってくれるかい？　嬉しいよ。よろしく」

「よろしく」

「こ、こら！　ボクは撫でていいなんて一言も言ってないぞ！」

肩の上でにゃーにゃージタバタしだしたロコだが、夏希がそれをやんわりと押さえる。更紗の柔らかそうな手のひらが、ロコの腰のあたりに触れた。

「可愛い」

「や、やめろ！　ボクを普通の猫扱いするな！……あ、そこは……！　むふっ」

更紗の撫でた場所は奇跡的にも、ロコの急所である。そこを撫でられるのが好き、という意味でだ。もちろん、彼自身は否定しているが、見ればわかる。夏希は吹き出してしまった。

快楽に落ちていく黒猫、無表情だが無感情ではない女の子、半人前の魔法使い。

何かが変わり始めたその夜は、波音が響き、月明かりが照らす、綺麗な澄んだ夜で。

夏希は、自分たちが星々の世界にいる気がした。

うん。私が死んでも

夜。更紗を駅まで送った夏希はレポートの残りを仕上げ、日課となっている魔法修業を終えて、それから寝ることにした。夏希の部屋は広めのワンルームで、本来は寝床であるはずのロフトは物置と化しており、ベッドは広い窓際に置いてある。灯りを消し、目を瞑(つぶ)る。あえてカーテンをかけないのは、海にも反射する朝日で起きる方が目覚まし時計より好きだからだ。

今日は色々あったので、よく眠れそうだ。

すると、猫用のハンモックで寝ていたはずのロコが話しかけてきた。

「ところで、ナツキ」

「ん？　起きてたの？　なに」

「あの子のことや君の挑戦のこと、少し考えてみたぞ」

夏希は仰向けのままで顔をそらしてハンモックの方に視線を向けた。

「更紗のこと？」

「うん。もしかしたら、君は百年ぶりに、新しい魔法を生み出すことができるかもしれないな」

ロコは夏希に視線を向けることはなく、ただ尻尾がぱたぱたと揺れているのが見える。

「どういう意味？」

「前にリリー様が言っていたそうじゃないか。魔法使いは、誰かを心からの笑顔にしてやれた時、新しい魔法を生み出すことができるって。百年前に嵐を晴らす魔法が生み出されたのが最後っていう……」

「ああ、その話か」

夏希は、目を閉じて答えた。ここにはロコと自分しかおらず、お互いの声は聞こえるのだから視力は必要がない。

「そうらしいね」

夏希としても、その話はよく覚えている。条件が成立した時に生み出される『新しい魔法』の効果はどのようにして決まるのか？　ということを聞きそびれていたことを思い出し、後日わざわざ祖母に改めて尋ねたくらいだ。

もっとも、偉大なる魔女は気分屋なので、その時は教えてくれず誤魔化されたわけだが。とにかく、それくらい印象に残る話だったことはたしかだ。

とは言え、夏希自身は新しい魔法を生み出したいわけではない。

心からの幸せな笑顔というのがどんなものなのかはわからないが、そんなに大仰なものじゃなくていい。更紗にあげたいのは、ごく普通の、ありふれた、誰もが見せるような笑顔だ。

夏希は、そんな気持ちをロコにそのまま口にした。もう時間も遅いし眠いので、だんだん話す声も小さくなっていく。

「うん。それはわかってるぞ。でもな、今の君はとても真摯に見えるんだ。……ボクが思うに、君は最初、あの子を笑顔にしてやりたいというよりも、あの子からも笑顔を向けられたがっていたんじゃないか？」

半分眠りかけの夏希には、ロコの言っていることがよくわからなかった。

「それって、なにが違うわけ？」

「全然違うぞ！　だけど……、最近の君は、彼女を笑顔にしてやりたい、って気持ちが芽生えてきている気がする。魔法の効果が高くなっているのは多分そのせいだ」

「だから意味わかんないって。最初から僕はそう言ってるじゃん」

ロコは、リュックに入っていたり近くをうろついていたりして、夏希と更紗のやりとりをよく見ている。なのに、イマイチ要領を得ない物言いだ。

「うーむ……。わからないのか……」

「もういいじゃん、寝ようよ」

夏希は寝返りを打ち、ロコのハンモックに背を向けた。

「……それでな、ナツキ」

「また？　今度はなに？」

そろそろ面倒くさくなり、適当に返事をする夏希。ロコはやれやれ、と溜息をついてから続けた。

「君はもう、十歳の子どもじゃないし、みんなの人気者だ。だから、そんなに無理をしなくても周りの人間から気味悪がられたり、嫌われたりすることはないと思うぞ」

どうやら、ロコの話題は更紗の話から変わったようだった。脈絡のない猫である。

夏希は掛け布団を頭まで被り、答えた。

「……わかってるよ。おやすみ」

ロコは、あの時の夏希のことを知っている。だからたまにこういうことを言う。夏希は、基本的にロコのことを使い魔ではなく友人、あるいは兄弟のように思っているが、彼にこの話をされるのは好きじゃなかった。

魔法はバレないようにしか使っていない。ちゃんと友達も作っているし、上手くやっていて、女の子にだってモテたりもしている。ファッションや話し方にも気を遣っていて、気さくに軽やかに優しげに、誰にでも接している。祖母に仕込まれたから、音楽や料理や運動なんかも得意だし、たいていのことは器用にできる。人の輪のなかではみんなを笑わせて、楽しくやっている。ロコが言っているのは昔の話で、夏希はもう気にしてなどいない。

なのに、ロコとこういう話をした夜は、あの頃の夢を見たりする。

それが、嫌だった。

※※

ほら見ろ。だから嫌なんだ。

夢を見ている夏希は、これが夢なんだと理解した。何度も見ている夢だからか、それがわかる。これは現実じゃない。ただ、遠い過去を夢として思い出しているだけ。

それはわかっていても、できれば見たくない。

『うわ、汚ぇ！』

小学生の夏希が、クラスメートに罵倒されている。幼い夏希の腕のなかには、血だらけのウサギが一羽。飼育小屋で飼っていたウサギが、死にかけていた。野犬に襲われたのか、悪意ある人間のナイフによるものだったのかはハッキリしないが、とにかく死にかけていた。

その日登校したばかりの夏希は騒いでいるクラスメートたちに気付き、そのままウサギにも気が付いた。とても痛そうだ、と辛くなった。

自分なら、なんとかしてあげられるかもしれない。そう思った夏希は飼育小屋に入り、ウサギを抱き上げ、覚えたばかりの『痛みを少しだけ癒す魔法』を使った。

魔法は、少しだけ効いた。呼吸を荒げて震えていたウサギを温めて、痛みを忘れさせ、そして、ウサギは眠るように死んだ。助けることは、できなかった。

その場に残っていたのは、血だらけのウサギの死体と、その死体を抱き上げていた少年だけ。しかも、その少年はウサギが死ぬ前に腕から奇妙な光を発し、切り裂かれたウサギの傷口をふさいでいた。それを、クラスメートたち全員が見ていた。

「気持ち悪い」

「今のなに？」

「そう言えばアイツ、前にも」

「変」

「うわ、こっちくんな！」

子どもは素直で、臆病で、無邪気で、だから冷酷だ。ヒーロー番組に憧れながらも、クラスメートを平気で貶(おとし)める。

その日から、学校での夏希の生活は変わった。いつも指をさされ、近くを通れば鼻を摘まれるようになった。夏希に触れる、という行為が度胸試しや罰ゲームとして使われ出した。

今考えれば、ウサギの事件はきっかけに過ぎなかったのだと思う。祖母譲りの栗色の髪や、低かった身長、特殊な家系で育ったが故の周囲との常識差、クラスの女子の一部に幼い好意を寄せられていたことによる反感、あるいは自分は周りの子とは違うんだという特権意識。とにかく色々なものが、その原因として一気に噴き出してしまった。

友達だと思っていた男子も、可愛らしいレターセットをくれた女子も、全員が夏希を傷つけた。毬谷夏希は、いくらでも傷つけてもよい人間となった。

当時の映像が、フラッシュバックする。映画のダイジェストシーンのように、流れていく。ＢＧＭは、幼い自分の泣き声だ。

殴られたことも、給食の残飯を髪にかけられたことも辛かったが、一番の悲しみはその後にやってきた。

みんなが、夏希を無視するようになった。まるでそこにいないかのように、誰も彼もが無表情で夏希を見た。それが一番人を傷つけるのだと、子どもたちは直感的に理解していたのだろう。授業中も、休み時間も、放課後も、徹底的に無視された。たまりかねた夏希から話しかければ、彼らは迷惑そうに眉を顰め、あるいは怯え、怒った。

アイツの友達だと思われたくない。そんな言葉は、言われなくてもわかった。

誰も、誰も夏希に笑いかけてはくれない。笑顔は、彼らのなかでのみ共有されるもので、夏希はその世界にいなかった。

僕に笑いかけて。お願いだから。

夏希は、みんなが楽しそうに笑っている教室で、一人。

ああ、あの夢だ。オチまで同じ。ロコがあんな話をするからだ。

幼い自分を映画の登場人物のように眺めている今の夏希の意識が嘆く。

もう、僕はあの頃の僕じゃない。今は、あの学校を去ってから、色々なことに気を付けて、努力して、器用に立ち回れるようになった。ジョークを言って、優しくして、魔法だってバレない程度に使いこなして。今では、たくさんの人と笑えるようになった。

なのに。

そこにいる幼い夏希は、一人の彼は、いつまでも消えてくれない。

その隣に、大学生になった夏希が現れた。そちらの夏希の周りにはたくさんの人がいる。なのに彼は何故かむなしそうな表情をしている。

自らを第三者の視点から見せられる夢。それにウンザリしかけた夏希は、奇妙なことに気が付いた。

——あれ？

教室で一人だけだったはずの自分の隣に、誰かがいる。女の子だ。

亜麻色に近い髪を持った、幼い女の子が夏希の方を見た。

泣いている夏希と彼女の目が合う、目が合っているはずなのに、彼女の表情がよくわからない。彼女はそれから——

夏希はその続きを見られなかった。ハンモックから飛び下りてきた黒猫が、猫パンチで夏希を起こし、朝食を要求してきたからである。

※※

湘南総合病院脳外科。ここに勤務して十五年になる医師、神里は目にした検査結果に愕然としていた。しかし、それを患者本人とその姉に伝えないわけにはいかない。

「……先生。私たちはどんな結果でも、ちゃんと聞きます。仰ってください」

切り出し方に困っていた神里に、初美伊織が声をかけた。彼女と同じこの病院の医師同士だが、今はその立場ではなく、患者の家族としてここにいる。伊織は、妹である更紗の肩に手を置き、真剣な表情を浮かべていた。椅子に腰かけた更紗の方は、いつも通りの無表情だ。

「いや、失礼した。まずはこちらを見てくれ」

神里は先ほど行った様々な検査結果のデータを姉妹に提示した。血中の赤血球と白血球の数、脳波、細胞の状態、すべての数値が考えられないほど悪化している。

「……これは……」

伊織の表情が曇った。無理もない。彼女が妹の前で努めて気丈にふるまっていることは知っているが、それでも今神里が示した事実は、一つの結論に結び付いてしまうからだ。

　あと、一年以上は持つはずだった。だが、それはもうありえないだろう。これまでよりずっと早く、更紗の病状は進行していた。

　姉妹にそう伝える神里は、自身の無力を痛感し、膝に置いている拳を強く握った。そうしていなければ、彼女たちの前で冷静さを保っていられなかっただろう。だが、そんな神里に対して、当の更紗はあっさり答えた。

「そうなんだ」

　神里には、更紗の表情がわからない。伊織に言わせれば、困った時や悲しい時、驚いた時などは表情が変わるそうなのだが、それは神里には気づけないほど小さな変化だ。彼女が幼い時から見ている主治医なのに、そんなことすら、わからない。自分が伝えた事実が彼女を悲しませたのか、喜ばせたのかすらわからない。神里は、奥歯を強く噛んだ。ただ、それを悟られないように、笑みを浮かべた。

「……更紗ちゃん、大学は、楽しい？　いいことがあったんだね」

　これは、更紗自身が望んだこと。彼女の両親や伊織、神里の反対に折れず、説得し、意志を貫いたこと。悪化した様々な数値や残された時間の少なさは、彼女の願いが叶いつつあることを示している。それは、哀しく残酷な、朗報だった。

「うん。楽しい」

淡々と頷く更紗。辛くないはずがないのに、苦しくないはずがないのに、それでも彼女はそう答えた。

「……っ……」

後ろにいる伊織は、手のひらで口元を押さえ、泣くのをこらえている。いくら納得して決めたこととは言え、いくらそれが更紗の望みだとは言え、突きつけられた近い未来の想像は、まだ二十歳の女性が背負うには、大きすぎる。それは神里にしても同じことだ。

だがそれでも、止めることはできない。今この場にいる誰よりも真摯な覚悟を持っているのは更紗なのだから。

「そうなんだね。……うん。君が笑える日が来ることを、私も祈っているよ」

神里は、やっとの思いでそう絞り出した。そしてこれは、心からの願いだった。

更紗は、幼い時からずっと我慢していた。そのせいで、笑うことができない、いやきっと、笑い方がわからなくなってしまっている。

美味しいこと、楽しいこと、面白いこと、嬉しいこと。およそ生きていく喜びとなるすべての幸せな瞬間は、笑顔とともにある。彼女はそれを十分に得たことがない。

それはどんな人生なのだろう。神里には想像もつかない。

もしも、奇跡や魔法というものがあるのなら、彼女を治してほしい。もしそれができないのなら、せめて、彼女の願いを叶えてほしい。

現実主義者である神里も、そう祈らずにはいられなかった。

更紗は神里の目をまっすぐに見て、小さく頷く。そして、こう口にした。

「大丈夫。わたし、大切な人ができたから」

予想外の言葉に、神里は耳を疑う。

更紗の表情は動いていない。ただ、この時初めて神里は彼女の感情が見えた気がした。声のトーンや、目の伏せ方、少しだけ赤みがました頰。そうしたものが語る彼女の想いはけっして雄弁ではなく、まるで囁きのようだ。

更紗は神里からすれば、幼い頃から知っていてずっとその幸せを願っていた少女だ。

そんな彼女が発した今の言葉は、普通の女の子なら誰でも抱くはずの気持ちは、嬉しいことのはずなのに。

おそらく更紗が初めて抱いたであろうその感情が、彼女にどんなことをもたらすのかを考えると泣いてしまいそうになる。だがそれを表に出すことなどできるわけがない。

更紗はなにもかもわかっている。そんな彼女に芽生えた想いは強く、純粋なものだ。

だから神里は、自身の感情を噛み殺してただこう答えた。

「そう。良かったね」

「ん」

こくん、と頷く更紗は嬉しそうで、哀しそうで、そしてきっと、照れていた。

※※

七月に入った。大学のカリキュラムは進んでいき、草木が緑を深めていく季節。今年の梅雨は、それほど多くの雨を落としていない。

現在大学二年生の夏希の生活は一年の時とさほど大きく変わったわけではない。ほどほどに講義に出て、レポートを出し、バーのバイトをして、知人たちと付き合う。変わったのは、日常的に魔法の修行をしていることと、一人の女の子と会う機会が増えたことだけだ。

夏希は更紗を誘って色々なところに行った。鎌倉(かまくら)や横浜(よこはま)、江ノ島といった観光地も訪れ、行く先々で場に合った魔法を披露して、ジョークを言って、ふざけてみせた。

更紗は律儀に付き合ってくれて、楽しかったと言ってくれている。しかしまだ目標は達成していない。

大学でも一緒にランチを食べたり、一緒に帰ったりすることもあった。ベンチや図書館で『世界の爆笑ギャグ百選』を読んでいる更紗に声をかけた回数も数えきれないほどある。周囲から見れば二人はどういう関係に思われただろう。

「前から思ってたんだけど、毬谷くんって、その子と付き合ってるの？」

案の定こう思われていたらしい。図書館前にある木陰のベンチ。いつのまにか待ち合わせをする定番スポットとなっていたそこに座っていた二人は、通りかかった夏希の知人たちにそう尋ねられた。

「え？　あー、えっとそれは……」

そんな事実はないのだが、なぜか答えにくい。夏希は隣に座っている更紗を横目で見た。彼女は、目を丸くしてきょとんとしている。それは夏希にしかわからない程度の表情の変化なのだが、彼女はフリーズしているようだ。

「や、そういうわけじゃないよ。なんとなく一緒にいるっていうか。はは」

仕方がないので夏希が笑って誤魔化した。少し遅れて更紗も首をふるふるとさせる。

「付き合って、ない」

　すると、質問を投げかけてきた女子学生は二人の反応に小さく笑った。

「あ、だよねー。よく一緒にいるから、ちょっとそうかも、って思ったけど、考えてみたら……ないよねー」

「毬谷くんとロ……、その子って、あんまりお似合いって感じじゃないし」

　今のセリフのロ……は、多分ロボ子、という更紗のあだ名を言おうとしたのだと夏希にはわかった。そういう呼び方はあんまり好きじゃないし、彼女が全然ロボットじゃないことを夏希は知っている。

「そんなことないよ？　僕ってけっこーカッコいいしいいヤツだから、更紗と付き合ってても不釣り合いじゃないし！」

　夏希はおどけて微笑みつつそう答えた。同時に、更紗の肩が小さくぴくんと弾む。

「なにそれー？　ウケる！　毬谷くん自分のことカッコいいって！」

「え？　だって僕カッコいいじゃん？　今まで彼女できたこと一度もないけどカッコいいじゃん？　むしろ周りが僕の良さに気がついていない説があるよ」

「あははは！　そうだねー。でもそういうこと自分で言わない方がもっとイケメンだと思うよー？」

　そんな会話が交わされ、場の空気が賑やかになる。

「あ、そうだ。毬谷くん。夏休み入るし、土曜日に十人くらいでビーチパーティするけど、来ない？　その子……更紗ちゃんも一緒にでもいいし」

ビーチパーティというのは元々は沖縄の習慣とのことだが、夏希の周辺では最近流行(はや)っている言葉だ。要するにビーチでバーベキューをしながら行う飲み会を指すのだが、海が近くにある湘南の大学生とは相性がいいのかもしれない。

「んー。バイトあったかもしれない。ちょっと確認しとくね」

「空いてたら来てね！」

そう言って去っていく彼女たち。この木陰に彼女たちがいたのは数分にも満たないのに、更紗と二人でいた時とは空気が全然違うものになる。

夏希は彼女たちに手を振りつつ、ビーチパーティもいいかもしれない。と考えていた。もちろん、バイトがその日に入っていないことは最初からわかっている。

ロケーションが良いところだと、いつものビールや適当に焼くバーベキューが美味しく感じられるのも事実だ。

自分がフォローすれば、ちょっとわかりづらい更紗の良いところを伝えることができるかもしれないし、彼女の友達も増えるかもしれない。ひいては、彼女を笑顔にさせることに繋がるかもしれない。

それに、気のせいかもしれないが更紗は最近少し痩せたし、ときどき元気がないように見える。だから肉を食べるのは体に良い気もする。

「あのさ、更紗」

「うん?」

「さっきのやつ、一緒に行く?」

更紗は夏希の誘いを受け、顎に手を当てて考えこんだ。本当によく考える人だ、と夏希は思う。

「わりと楽しいかもしれないし。どう?」

「んー」

更紗が小さく可愛らしい唸り声をあげ始めた時は、彼女が口を開くまで気長に待つに限る。

「……でも、私を、連れていったら、夏希の評判が悪くなったりしそう」

「え?」

彼女の熟考の末に出た言葉は、かなり意外なものだった。更紗がそんなことを考えたのは、さっきの人たちとのやりとりがあったからだろうか。

そう言えば、と夏希は思った。僕はたしかにそういうところがある。周りからの評判とかを気にする方だった。更紗が学内で浮いた存在であることも知っている。それでも、今の自分はまったく嫌だとは感じていない。

「あはは、そんなことないよ。さっきだって、実は付き合ってるんだよ！　って嘘ついて自慢しようかと思ったくらいだし」

夏希が『半分』冗談でそう言うと、更紗は何故か俯いた。耳のあたりが、少しだけ赤い。それに気が付いて、夏希の耳も熱くなったような気がした。

「夏希が行くなら」

「うん？」

「……………………………………いく」

ずいぶん溜めたうえでの更紗の答えに、夏希は笑ってしまった。

「なんで笑うの」

「面白いから」

「なにが」

「なんだろ」

笑いがなかなか収まらないでいると、更紗はふいと横を向いた。よくよく見ると口元が緩やかな角度でへの字に歪んでいる。これはちょっと怒っている顔だ。こういう時もあえて声をかけずに待つのが吉だと夏希はわかり始めていた。なので、ただ彼女の横顔を視界に入れつつ、隣に座ったままでいる。

更紗はやっぱり笑ってなどいなかったけど、今まで見た彼女の表情のなかでは一番柔らかくて。夏希には、とても可愛く見えた。

※※

ビーチパーティは、それなりに楽しい時間となった。かなり珍しいゲストである更紗は、ゆっくりとではありつつも参加者ときちんと会話をして、夏希が彼女の言葉をフォローしつつ場を盛り上げたこともあって温かく迎えられた。

更紗の独得のテンポでのお喋りや、考えこんだうえで答えるある種の誠実さは珍しいものだが、伝わりさえすればそれは美点だと夏希は思う。そしてそれは伝わった。

初美さんってそんな感じだったんだね、面白いね、ちょっと誤解してたかも、お肉焼けたよ、そして。

また、遊ぼうね。

少しだけビールを飲んで、焼きすぎのソーセージをはふはふと食べた更紗は、その言葉に、うん、と答えた。更紗の辞書に社交辞令というものはない。だから、彼女も楽しんでくれているように思えたし、みんなにも馴染んでいる。学生が過ごす夏の思い出の一日として、きっと悪くないものになっただろう。

そんな彼女の様子にほっとした夏希は、みんなの様子を一度確認すると席を外した。向かう先はトイレだが、別に用を足したかったわけではない。

「……ふーっ……」

夏希はビーチに照り付ける日差しで火照った顔を冷水で洗い、ついでに頭から水を被った。それから売店に寄る。本当は冷たいお茶かビールでも買いたかったが、混んでいたのでそれを諦める。

お茶もビールもみんなのいる場所のクーラーボックスには入っているのだが、まだ戻りはしない。夏希は少し歩いてビーチの外れまでやってきた。そこでようやく砂浜に腰を下ろす。

「あー、もうこんな時間か」

見れば、太陽がオレンジ色に染まりつつあった。ずいぶんあっという間だった気がする一日だ。砂浜を照らす夕焼けとゆっくり押し寄せる波の飛沫に、妙に心が落ち着く。

「ふーっ……」

夏希はぼんやりと海を眺めつつ、長い息を吐いた。わざわざ友人たちの輪から離れて、一人で。

孤独に浸りたいとか一人の時間を大切にしたいとか、そんな文学的で大袈裟なことではない。ただ夏希はこうしてたくさんの人とずっと一緒にいると、ふっとその場から離れたくなることがあった。ほんの数分だけ、これまで誰にも悟られたことないほどわずかの間だけのことだ。今日は更紗も一緒に来ているわけだし、すぐに戻るつもりでもある。

緩やかな波のリズムと膝裏に伝わる砂の感触。少し離れたところから聞こえる若者たちや家族連れの喧騒。夏希はそのまま横になった。目を瞑ること一分ほど。

「うわっ」

声をあげてしまったのは、頬にそっと当てられた冷たい感触のせいだった。

「成功」

見れば、更紗がいる。膝を抱えるようにしてしゃがみこみ、夏希の隣にいた。今日の彼女はパーカーにショートパンツ姿で、正直に言えば彼女の脚が少し眩しい。

今押し当てられたのは彼女が持ってきたお茶のペットボトルだったようだ。

かなり驚いてしまった。が、先日のライブハウスでのやりとりを思い出して苦笑してしまう。更紗がわざわざ足音を殺して忍び足をしたことを思うとなおさらだ。

「やられたよ」

「やってやった」

悪戯（いたずら）っぽい台詞とは裏腹に無表情の更紗。

「これ。ありがと。……やり返すためにわざわざ？」

夏希は更紗が差し出したペットボトルを受け取り、一口喉を潤してから尋ねた。

「んー。違う。そこまで来て、夏希が寝てたから思いついただけ」

更紗はふるふると首を振る。と、いうことは彼女は何か別の意図があって一人になった夏希を探して、ここに来たということになる。

「そうなんだ。なんか僕に用事？」

「んー……」

更紗は夏希の質問に口ごもった。いつものように、考えこんでいる。人がする行動は本人でさえも無意識な理由によることも多いが、更紗はそれをちゃんと突き詰める人だ。

「最近気づいたんだけど。夏希って、ときどき辛そうに見える時があるから」

更紗が口にしたことは、夏希の質問への直接の回答にはなっていないように思えた。

だが、夏希は急所を刺されたように、絶句してしまう。

「今一人でいたからってことじゃなくて、みんなといる時も、たまに」

更紗は、そう言葉にしつつ考えをまとめているようだった。そしてその言葉は、波の音と重なって夏希に染みこんでいく。

「だから。ほっとけない気持ちになった」

うん、そういうこと。と更紗は一人頷く。彼女のなかでは回答が出たらしい。

びっくりしたけど、多分。とも呟いていた。それは自分自身の行動として彼女にも意外なことだったようだ。

一方、夏希はまだ何も言えないでいた。ただ、いくつかの言語圏で『心』と『心臓』が同じ単語で表現される理由を実感していた。この締め付けられるような疼(うず)きが、跳ねるような鼓動が、そう教えているから。

「私が夏希にそんなこと思うなんて変だね。ごめん。一人になりたかった?」

更紗は首を傾けて夏希の顔を覗きこんだ。

現状、人付き合いが苦手で、笑うことがない更紗を笑わせようとアレコレかまっているのは夏希の方なわけで、更紗からすればそんな自分などに今みたいなことを言われても困らないか？　というニュアンスを含んでいるのがわかる。

「いや、そんなことないよ」

夏希は気が付けばそう答えていた。いつも見せている『自然体』よりずっと自然で、素直な気持ちだった思う。

本当は一人になりたくてここにいたはずなのに、やってきたのが更紗だから、少しも嫌な気持ちはしない。むしろ逆だ。それが不思議で、でも心地よくて、夏希は自分のことがわからなくなった。初めての感情を何と呼べばいいのか、はっきりしない。

「ありがと」

「うん」

短くそう会話して、並んで砂浜に座る。手を伸ばせば届く位置に彼女の肩があって、でも手を伸ばすことはない。

「今日、楽しかった。夏希は、いつも私の知らなかったものを見せてくれる」

更紗の声はとても小さいのに、波の音のなかでもしっかりと届いた。

きっとその言葉は更紗の本心で、同じくらい夏希が感じていることでもある。

知らなかったものは、きっと自分の外にも内にもある。

「いやいや、まだ笑わせられてないし。それに今日は新ネタがないんだよね」

夏希はそう答えて笑った。

そう言えば、ホントにもうネタがない。色々な魔法を試したが、どれも不発。いっそ、祖母から聞いたように、まだこの世界に存在しない新しい魔法を夏希自身が生み出すのはどうだろう。ふとそう考えたが、そのためには誰かに心からの幸せと笑顔を与えなくてはならない。夏希がそうしたい相手は更紗なわけで、それができるなら新しい魔法なんて必要ないわけだ。

「？　どしたの？　夏希」

「いや、なんでもないよ」

夏希は魔法について考えるのをやめた。なんだか、今それを考えるのは勿体(もったい)ない気がしたからだ。

今、眩しそうに水平線を見つめる更紗の横にいられる時間は、きっとすぐに終わる。さっきより低くなった太陽から注ぐ柔らかい橙色(だいだいいろ)が、これ以上暗くならなければいい。そう思った。

「そうだ、夏希」

ふと、更紗が話題を変えてきた。

「なに？」

「今度、一緒に行きたいところがある」

夏希はまた驚いた。更紗の方からこんなことを言ってくるのは初めてのことだったからだ。見れば更紗は無表情ではあるものの、胸の前に持ってきた両手の親指を絡ませて、なにやらモジモジしている。

「え？　珍しいね、どうしたの？」

「夏希は、いつも色々なところに連れていってくれる。私も、夏希を連れていきたいところ、あるから」

これはまた驚きの提案である。お礼のつもりなのか、それともお気に入りの場所を紹介してくれるのか。いずれにせよ、彼女からのお誘いなど出会った当初は考えられなかったことだ。

「ダメ？」

「いやいやいや！　どこに行きたいのかなー、とか思ってさ。北極とかアルカトラズ島とかだったらちょっと困るかも、とかね」

「夏希のそういうの、あんまり面白くない」

軽口には厳しい更紗だった。夏希は苦笑いしつつ、答え直す。

「いいよ。どこでも付き合うよ」

更紗は、夏希の答えを聞くと、いつものようにこくんと頷いた。

「ん」

きっと、もうすぐ僕たちの関係は今とは違うものになる。

夏希には、そんな予感がした。

※※

ビーチで過ごした日から四日後。ワクワクするような、緊張するような、そんな気持ちで迎えた夜。夏希は、大学最寄りの駅で更紗と落ち合った。

今日は、更紗が夏希を誘った初めての日だ。

「ねえ、どこに行くの？」

「電車に乗る」

更紗の言葉は端的で、しかし答えとしては微妙だ。そりゃ駅に来たんだから電車に乗るよね、と言いたくもなるが、ここは彼女に任せることにする。

「おっけー。どこにでも付き合うって言ったしね」

夏希はそう言うと、なにやらずんずん進んでいく更紗の後を追った。いつもは、てくてく、という感じの足取りが、今日は妙に力強い。あるいは、固い。

どうしたのかな？　と思いつつ頭の後ろで手を組む夏希。そう言えば、今日の更紗は柔らかそうなロングカーディガンを羽織っている。夏希にも、寒くないカッコしてきて、と言っていたことを考えると、屋外のスポットに行くのかもしれない、という気がした。

どこに行くのかわからないまま、夏希は更紗と江ノ電に乗った。

乗り換え。ついていく。

そこからさらにバス。ついていく。

バスから降りて、あとはひたすら歩き。ここまで来て、更紗が向かっているところがわかった。高麗山公園、いわゆる湘南平だと思われる。不思議なのは、そこまではバスで行けるはずなのに、わざわざ途中下車して歩いているところだ。

「湘南平に向かってるんだよね？」

「ん。そう。夏希と一緒に、行きたかった」

湘南平。その場所は、夏希も知識としては知っていた。この辺りでは標高が高い丘陵で、二つの山の山頂一帯の場所だ。山頂付近は風致公園となっていて、その名称が高麗山公園。これが地図上の話。この辺りに住んでいる人間や、あるいはちょっと詳しい旅行者たちには、ロマンティックな場所としても知られている。

丘陵地域であるがゆえに、湘南の海や夜景を眺めることができ、それは大パノラマの絶景らしい。撮影に使われたり、あるいは恋人たちのプロポーズの舞台となることもある、とのことだ。その証拠に、同公園のテレビ塔には恋人たちがロックした南京(なんきん)錠(じょう)が無数に残っている。

夏希は行ったことがなかったが、わりと有名な場所だ。更紗が行きたいと言うのだから、夏希の予想より魅力的な場所なのかもしれない、とも思う。ただ、問題なのは。

「更紗、その公園ってさ、こんなに遅い時間に行っても大丈夫なの？」

夏希は前を行く更紗に声をかけた。待ち合わせの時間自体が遅かったこともあるし、何故かバスを途中下車して歩いているため、すでに辺りは真っ暗だ。到着は深夜になるだろうし、こんな時間に山頂の公園に行っても良いものだろうか。

「大丈夫。あんまり早く行くと、明るくて、見られないから。この方がいい」

坂道を上り続ける更紗の足取りは弾んでいた。その小さい体からは想像もできないほど元気なようだ。わかりにくいが、多分。

また、あえてこんな時間を狙って行くということなので、夏希はそれ以上聞かないことにした。リュックの中で眠っているロコは重いが、仕方がない。

とは言え、更紗のことが少し心配でもあった。元気そうには見えるが、それはあくまで精神的な意味であり、あまり体力があるようには思えない。それに最近彼女は以前より痩せた。夏希は悟られないほど小さな範囲で魔法を使う。歩く更紗の背中を、見えない力で支える魔法だ。わりと疲れる魔法なのだが、せっかく張り切っている更紗の負担を軽くしてやりたかった。

夜道を行く二人。鳥や虫の声が聞こえ出し、車は丘の上から下ってくるものばかりとすれ違う。深夜と言ってもいい時間に差し掛かった。

「更紗……」

こんな遅くなっても大丈夫？　夏希はそんな質問を飲みこんだ。思えば、彼女は最初に会った夜、バーの閉店時間に一人でビーチで寝ていたような女の子だ。姉と二人暮らしということだし、門限のようなものはないのかもしれない。

「？　どうしたの？」

「や、なんでもないよ。もうすぐだね」

「ん」

多少遅くなったって問題はないだろう。自分たちは暇なことで知られる文系の大学生で、しかも就活もまだ関係のない二年生だし、そして今は夏休み中だ。自分がしっかり彼女を送っていけば、それでいい。

今日は月すらも出ていなくて、まばらにある灯りだけが夜道を照らす。風が木々を揺らす音がそよそよと聞こえてくる。まるで、この静かな夜に存在しているのは、自分たち二人だけのような錯覚を覚える。隣を歩いている人の体温や呼吸を感じて、それが心地よい。

そう言えば、と夏希は思った。初めて更紗と会った日もこんな夜だった。ライブの後、ガードレールに腰かけて話した夜も、似ている。

静謐で澄んだ夜。それが彼女には似合う気がした。

「夏希、着いた」

つい物思いにふけっていた夏希に、更紗が声をかけた。

「あ、うん。……おー」

到着した地点は、夏希の予想よりずっと広かった。解放感のある清潔な公園広場。緑の木々も豊かだが、広場の面積が広いため視界を遮ることはない。空が、とても広い。

山頂であるがゆえに、見下ろす彼方（かなた）には湘南の夜景があり、その先には夜の海。絶景と言っても誰にも反対されない場所だと夏希は思った。

「すごいね。あ、ブランコもあるじゃん」

　夏希の目に留まったのは、ブランコだった。大人でも乗れるくらいのサイズのそれは、眼下に海を見下ろす位置にあり、昼間であれば青い海に向けて飛んでいくような気分を味わえそうだ。深夜であるため人気も少なく、夏希はひさしぶりにブランコに乗ってみたくなった。

　やや浮かれた気分になる。ここは素敵な場所だ。そしてここに連れてきてくれたのは更紗なのだ。

　少し浮足立つ夏希を不思議そうに見つめた更紗は、夏希の袖を引いてきた。

「こっち」

　どうやら、この公園のなかでもさらに特定の場所があるらしい。夏希は素直に彼女に返事をすると、リュックからロコを出した。

「少しその辺で遊んできてよ」

　重いから。というのが本音なのだが。ロコはロコで。

「む、ここはどこだ？　少しその辺を散策してくるとしよう！」

　と、ノリノリで走り去っていった。リュックの重量が減ったので、足取りも軽い。

夏希は更紗に連れられて歩をすすめたが、途中で足を止める。

「更紗。ここ、営業時間外みたいだけど」

夏希が指さしたのは、山頂であるこの公園のなかの展望台だ。レストハウスと展望台が一体化したそこは、ソフトクリームのような渦巻き状の構造で、上の方にはテラスのようなスペースが見える。おそらくあそこが絶景スポットなのだろう。

ただ時間が遅いためか、一階の入口が閉ざされている。一階のショップが閉まっていれば、その上の展望台には入れそうもなかった。

しかし更紗は夏希を振り返り、何故かピースサインを出してきた。そして無表情のままで答える。

「だいじょぶ」

無表情に見えたが、多分今のは少し得意げな時の顔だろう。と夏希はわかった。

「こっちの方から入れる」

更紗は、入口に繋がる幅の広い階段を途中まで登ってレストハウス前に来た後、外壁を辿(たど)って展望台に繋がる方の階段に飛びついた。

よいしょ、と言いつつ足をジタバタさせて、えっちらおっちら上っている。前から思っていたが、彼女は意外に行動力がある。突拍子もないことをいきなりやるところがある。さすがに焦った夏希は彼女の下に駆け寄った。

「ちょ、更紗。危ないって！」

「危なくない。何回もやってるから。いつも、誰もいなくなるまで秘密の場所に隠れたあと真夜中に入る。バレない」

何故かまたピースサインを出している更紗。落ちてきたらなんとか受け止めなきゃ、と思っていた夏希だったが、その心配はなさそうだった。ただ、他の心配はある。

「や、それはそれでどうかと思うけど……」

それは不法侵入なのでは……？　と思い、公園内に数人いた人たちに見つからないかとヒヤヒヤするが、更紗は夏希が気をもんでいる間に階段に辿り着いてしまった。

「夏希も来て」

頭上の更紗は手を差し出し、夏希を誘う。彼女の瞳は、夏希も自分に続いてくると信じて疑っていないかのように見えた。

ああもう、仕方ないな。

夏希はヒヤヒヤしつつも、更紗がしたように外壁にへばりついた。ここからいくつかの足場を経由して、階段へ向かう。ここに来る前に更紗をサポートする魔法やロコの重量で体力を使っていたせいか意外にキツイ。

「くっ……これ……結構、大変じゃ……」

「夏希、ふぁいと」

上を見ると、更紗が拳を握って応援してくれている。こんなに抑揚のない激励の声は初めて聞いた夏希だったが、それでも応えないわけにはいかない。なんとか体を持ち上げて、階段に辿り着いた。

「はぁ……はぁ……」

階段に座りこみ呼吸を荒くする夏希。更紗は前かがみになって視線を夏希に合わせると、首を横に傾げた。

「大丈夫？　疲れた？」

「……ちょっとだけ……」

「ん」

そう言って更紗は手を差し出してきた。摑まれ、と言いたいらしい。

「あ、え、あー、ありがと」

夏希は少し迷い、それ以上に照れたのだが、更紗の手を握った。ただそれは形だけで、ほとんど体重をかけることなく立ち上がる。

「行こ」

立ち上がると同事に更紗が夏希の手を離した。繋いでいたのはほんの一瞬だけ、しかも更紗の手は冷たかった。それなのに、夏希の右手はじんわりと熱を持つ。
右手の熱が気になりつつ、階段を上る。螺旋階段を上った先は、開けたテラスにな
っていた。望遠鏡があることからも、ここが展望台なのだろう。
「おー！」
夏希は気が付けばそう口にしていた。遮る木々の一本すらなく、はるか先まで見渡
せる風景。海岸線まで続いている街の灯りが、宝石のように輝いている。
360度絶景のパノラマを、たった二人きりで独占している。そんな気分だった。
展望台の端まで駆け寄り、手すりにもたれて眼下を見下ろす夏希。自分たちが生活
している街をこんなふうに見たのは初めてだった。
「あっちが江ノ島の灯台で、あっちが海ってことは……。あ、見てよ更紗、あの辺が
大学？　いやー、聞いてはいたけど、ホントにここの夜景、すごいね」
手すりにもたれかかりつつ、更紗に声をかける。更紗はふう、と息をついて夏希の
隣にやってきた。
「夜景も、綺麗だけど」
「うん？」
「上」

「上？」

更紗が空を見上げたのにつられ、夏希も首の角度を上げた。

目に映るのは、満天の星々。地上の夜景のような煌びやかさの代わりに澄んだ輝きを放つ、壮大で、神秘的な光の群れ。

「うわ……」

夏希はまた無意識に声をもらしていた。さっき夜景を見た時とは違う、なにか、圧倒されるような気持ちだ。

東京の都会で育ち、湘南でも街中で暮らしている夏希には、星を眺める習慣がなかった。知識としては知っていても、これほどたくさんの光が頭上に存在していることを感じてはいなかった。

はるか彼方から届く輝きが、圧倒的に広い空間に満ちて、それが自分の瞳に映る。

夏希は、しばし呆然として、ようやく口を開いた。

「すごいね」

そんな言葉しか、出てこない。更紗は夏希を見て、小さく頷いた。

「うん」

更紗の言葉はいつも通りだったけど、今のやりとりはいつもよりずっと彼女の心が近くにあった気がした。今さらながら、最初に出会った時の更紗が天体観測をしようとしていたことや、星が好きだと言っていたことを思い出す。

きっと、そんな彼女にとってこの時間のこの場所は特別で、ここに一緒に来たいと言ってくれた。その事実は、夜空を彩る瞬きと合わさり、夏希の胸に響く。

それから、二人はしばらく何も話さないでいた。ただ、色々な方角の星々を眺めているだけ。少しも居心地が悪くない沈黙の時間が、どれくらいだったのか、夏希にはわからない。数秒のような気もするし、数十分だったような気もする。

「あれ、わし座」

ふいに、更紗がパノラマの一角を指してそう口にした。小柄な彼女なので、手すりから身を乗り出すようにしている様が子どもみたいだ。

「どれ？」

「ほら、あそこにある白っぽいのが天の川で、その横のあそこにあるあの星と、あの星と」

星が無数にあるため、夏希には更紗の説明がぴんとこなかった。業を煮やしたらしい更紗が、夏希の頭に手をやって体勢を低くさせる。それからすぐ横に自分の顔を持ってきて、視線を合わせて指をさす。

「あれと、あれと、あれ」

「あ、お、おっけー。わかった」

わし座がどの星なのかはわかったが、頬がくっつくほどの距離に更紗がいて、わし座よりもそっちに意識が行ってしまう。

「ちなみに、わし座はゼウスっていう神様が、美少年を誘拐する時に変身した鷲」

「へ、へー」

「あれは白鳥座」

「うん」

「あの白鳥はゼウスっていう神様が美人な女の人を捕まえるために変身した姿って言われてる」

「マジで？」

「まじで」

「なかなかヤバいやつじゃん、ゼウス」

「うん。他にも色々ある。たとえば」

更紗によるギリシャ神話講座が始まった。あわせて星の見つけ方や夏の星図、個々の星の特徴や地球からどれだけ離れているかということなども。ゼウスという神様がかなり頭のおかしい変態だということも興味深かったが、それ以上に更紗が話してくれた星々の知識は知らないことばかりで、面白い。

無数にある光の一つ一つが、歴史や背景を持っていて、この夜空が壮大な物語の舞台であるかのように思えてくる。それに、ヤバい神様の話はきっと、星の世界の面白さを伝えてくれるつかみとしてわざわざしてくれたような気がする。更紗が楽しそうにしていることも合わせて、それが嬉しい。

「詳しいね、更紗」

更紗が自分に対してこんなに饒舌なのは、初めてのことだった。

「うん」

「どうしてそんなに星が好きなの？　綺麗だから？」

なんの気なしに夏希が問いかけた質問には、すぐに返事が来なかった。まあ更紗なので、しばらくしてから返事が来るんだろうと待つが、それでも彼女は黙ったままでいた。

「？　更紗？」

夏希が更紗に目をやった。空が近くにあるため、彼女の背景に星々が見えて。まるで彼女自身が、夜空に輝くそれらの一つであるかのように思えた。その頰も、赤みがさしており、いつもと違う。

夏希の呼吸が少しだけ止まったその時、ようやく更紗は口を開いた。さっきの質問の答えだ。

「星って。ずっとあるから。私が生まれる前から光っていて、私が死んでも、その後ずっと光ってるから。何億光年も遠くから、何億年も旅してきて、ここに届いているから。すごく果てしなくて、とても強い。永遠のものだから。……だと、思う」

更紗はさっきの質問をされたのは生まれて初めてだったのだろう。だからなのか、今の言葉は自分の心を丁寧に解き明かしていったもののような気がした。きっと、更紗自身、初めて考えたことだったのかもしれない。

「うん。私が死んでも」

更紗が明かしてくれた心は、夏希にはすぐに共感できるようなことではなかったが、その壮大さが放つ輝きに惹かれる、ということはなんとなくわかる。

ただ気になったのが、更紗が『私が死んでも』と二回も言ったことだった。

淡々としたトーンで語られていたのに、そんなことは何十年も先のはずのことなのに。その言葉が何故か、夏希の心の脆(もろ)い部分を掻く。

「あ」

夏希が黙っていると、更紗が少し大きな声をあげた。

「なに？」

「あと、十分くらいで始まる。今日は、ペルセウス座流星群の夜だから」

いい加減慣れてきた夏希は、更紗の話した断片的なことから全貌を推測してみる。流星群というのは、特定の期間に見ることのできる多数の流星のことで、その特定の期間が今で、彼女はそれを自分と見ることを目的にここへ来た。そういうことだろうか？

そのまま尋ねてみる。

「うん。そういうこと」

正解。夏希は苦笑しつつ、更紗に礼を言った。自分一人だったら、間違いなく経験しないことだっただろうし、経験して良かったと思える確信があったからだ。流星群観測の前段階である現時点での天体観測だけですでに思っている。

「流星群は、普通の星と違って一瞬だけのもの、だけど。ううん、だから。一瞬だけ光る流星群が、とても好き」

更紗は夜空のある一角を見上げて呟いた。その瞳は、星の瞬きを反射しているせいか、潤んでいるようにも見えた。

『だけど』ではなく『だから』。

永遠に近い壮大さを持つ星々に憧れる一方、一瞬の輝きを美しいと言う更紗。夏希はいつものようにジョーク交じりで『君の方が綺麗だよ』なんて言おうかと一瞬思ったが、やめておく。それは、今彼女が口にした、まるで祈りのように聴こえる言葉に対して不誠実に思えたからだ。

そんな台詞を思いついた自分が色々な意味で恥ずかしくなり、誤魔化すために夏希もまた空を見上げる。そして、気付いたことがある。

「更紗。流星群、きびしいかも」

先ほどまで澄み切っていた空のいたるところに、雲が立ちこめ始めていた。星々がちりばめられた黒のキャンバスが、虫に食われたように削られていく。山の天気は変わりやすい、ということだろうか。

ふと、夏希は祖母から聞いた話を思い出した。百年ほど昔、歴史上最後に生み出されたという大魔法。嵐を晴らし澄んだ夜を作るというその魔法が今使えたら、効果は抜群だったかもしれない。嵐を晴らせるなら、雲くらい消せるだろう。

星降る空は、更紗を笑顔にする唯一の方法であったかのように思えた。

習得が難しいからと、その大魔法の修行を後回しにしていたことが悔やまれる。

「……うー」

更紗が恨めしそうに天を見つめた。今のは、はっきりわかるくらいの表情の変化で、夏希はそれに驚く。更紗にしてはとても珍しい。それほど、この流星群を見たかったということだろうか。

「さら……」

さ。と声をかけようとした夏希だったが、それはさきほどまで快晴だった空から落ちてきた水の粒に遮られてしまった。

「うわ、雨だ。更紗、濡れちゃうからこっちに」

動こうとしない更紗の手を取り、屋根がある場所まで移動する。移動し終えたと同時に、雨脚はさらに強くなった。今日の天気予報は夏希も見ていたが、どうやらはずれたらしい。

屋根の下まで来てしゃがみこんだ夏希は、黙ったままの更紗に笑いかけた。

「今日はダメそうだね。でも、降り出す前の星空を見られただけでも来てよかったよ、僕」

更紗は両膝を抱えるようにして座り、空を遮る屋根を見つめている。

「ごめん」

ぽつりと漏らした更紗の言葉に、夏希は慌てた。彼女の声が、震えているような気がしたからだ。いや、声だけじゃない。彼女の肩は、寒いわけでもないのに小刻みに震えていた。まるで、病人のそれだ。深刻そうな彼女に、夏希は慌てる。

「大丈夫だよ！　ホントに来てよかったと思ってるし！　それに、流星群って今日だけしか見られないってわけじゃないでしょ？」

「そうだ、けど」

雨の降る中、小さな屋根の下で雨宿りをする二人。濡れないように、と思うと自然と肩と肩が触れ合った。

「だよね。じゃあ、また見に来ようよ。流星群。あ、前にネットで見たけど、今年はなんとか流星群っていうのが何年かに一度の大発生らしいよ。それとか」

更紗の声のトーンや表情はいつも通りだ。いつも通りのはずなのに、夏希は、彼女の悲しむ顔が見たくないと思った。

「しし座流星群。三十三年に一度」

「そうそう、それそれ。また来よう」

「また……来れる、かな？」

更紗の問いかけ。それは夏希に尋ねたものか、自分自身に問いかけたものか。そのどちらも違っているように聞こえたし、その両方であるかのようにも感じる。いつも自分の心に正直な彼女が漏らした気持ちだけに、夏希は奇妙な胸騒ぎを覚えた。

まるで、もう二人で星を眺めることはできないみたいじゃないか。

だから夏希は、努めて明るく、下手をしたらバカみたいな口調でそれを否定する。

「また二人で来ようよ！　約束！」

隣に座る更紗が夏希を見た。首をこてんと倒した顔のなかの、まん丸な瞳で問いかけられる。

「やくそく？」

「そうそう。その時には僕も、更紗を笑わせられそうな、とっておきのヤツを用意しておくから。なんだったら指切りする？」

夏希としては冗談のつもりだった。ハリセンボンというのが針千本のことなのか魚類の一種を指すのかもよくわからないし、小学生だって今どきはやらないかもしれないことだ。しかし更紗は一度目を閉じて頷き、そして目をあけてから答えた。

「ん。する」

「するんだ」

「する」

自分のセリフに端を発したことなのに、夏希はほんの少し恥ずかしくなった。あるいは、照れたのかもしれない。でも、更紗は小指をかかげてきた。細く、白い指先が心細そうに佇んでいる。

「おっけー。約束！」

夏希は自身の小指をジャケットで拭い、できるだけ優しく差し出した。

「約束」

結ばれた小指とは、今にもちぎれそうなくらい細い繋がり。なのに、とても力強く感じられた。ぎゅっ、と握られた感触に切実さを覚える。夏希もそれに応えた。

更紗の指先が、熱い。

繋いだ小指に落としていた視線を上げると、同時に顔を上げた更紗と目が合った、瞳のなかに、自分が映っているのが見える。

雨の音が、静けさを際立たせる夜。遠くに見える夜景がぼやけていき、冷えていく空気が指先を繋いだ相手の体温を際立たせる。オルゴールのような音楽が、蜜の香りが体に染みこんでくるような気がする。

引力のようなものを更紗から感じて、距離が縮まっていく。

「私、夏希のことが好き」

ワタシ、ナツキノコトガスキ。

不意打ちのように伝えられた言葉。濡れた瞳を向けられ、耳に心地よい鈴のような音で伝えられた気持ち。

夏希は、一瞬遅れて、翻訳して、やっと何を言われているのか理解した。この上なくそのままの言葉なのに、だからこそすぐにはわからない。

更紗の告白には、前置きも、飾り気も、言い訳もなかった。そう思っているからそう言う。心のままに、誤魔化さず、思った時に、思った場所で。まっすぐに見つめて、すごくシンプルな言葉で。

彼女らしい、と夏希には思えた。

「……と、唐突だね。えーっと、今のって、その、やっぱり、そういう意味？」

「そういう意味」

「ありがと。ははは……。びっくりした」

対照的に、夏希は前置きをして、相手の心を探ろうとしてしまう。そのうえで、上手く対応しようとしてしまう。身に付けたそういうやり方が、とても不誠実に思えた。

だから、考えた。

僕は今、困った、とは思わなかった。むしろ逆だ。

笑わせてみたい、と思って近づいていった彼女は、意外な部分がたくさんあった。彼女は謎がいっぱいな人で、変な女の子で、でも強くて、素直で、どこか寂しげで。気が付けば、一緒にいない時も彼女のことを考えている時間が多くなっていた。そうなんだろうか？　いつの間にか僕は。

「僕は……」

「……ん」

「……僕、も……」

夏希が自身でもよくわかっていない気持ちをたどたどしく口にしようとしたその時。小指を繋いだままだった更紗の体が夏希のほうに倒れこんだ。まるで、支えを失った人形のように、ぐらり、と。

「……っと！　更紗、どうし……」

咄嗟に彼女の体を抱き留めた夏希は、すぐに事態の異常さに気が付いた。今のは、告白の流れで抱きついてきたとか、そういうことじゃない。

「更紗！」

更紗の体が、熱い。比喩的な意味ではなく、文字通り高熱を発している。目をきゅっと閉じ、呼吸は弱々しい。もともと色白な彼女だが、今では蒼白と言っていいほどだ。

どうしていきなりこんなふうに、と思う。なにかきっかけでもあったのか。それともずっと我慢していたのか。思えば、寒くもないのに震えていた様子や上気した頬、気が付いたかもしれない要素はあった。

いずれにしても尋常なことではない。

「更紗！」

夏希は自身の腕のなかでグッタリしている更紗の名を叫んだ。しかし、更紗は苦しそうに目を閉じたままで、弱々しく震えている。会話ができる状態ではないようだった。

ただの風邪や貧血なのか、それとも。

「……くっ！」

とにかくはっきりしているのは、このままでいいわけがない、ということだ。夏希はスマートフォンを取り出した。救急車を呼ぶような事態なのかはわからないが、少なくともタクシーなりなんなりで病院へ行った方がいいに決まっている。しかし。

「嘘だろ……」

手にしたスマートフォンはバッテリーが切れていた。夏希は毎晩就寝前にスマホを充電するタイプだが、今は深夜だ。そしてこんなに遅くなるとは思っていなかったため、日中も充電をしていない。型落ちのスマホは、いくら電源を押しても真っ暗な画面で応えるだけだった。夏希の心臓が冷たく、速く、脈打つ。焦りと恐怖が、汗となって背中を伝わっていく。

「ごめん！」

夏希はぐったりしている更紗のバッグをあけ、彼女のスマートフォンを取り出した。だが、ロックがかかっている。

腕のなかでグッタリしている更紗からパスコードを聞き出すことはできそうもなかった。

どうする。どうする、どうすればいい。なんでいきなりこんなことになったんだ。

雨脚が強まり、小さな屋根しか遮るもののない夏希たちの体に雫が落ちてくる。

夏希は焦る気持ちを必死に抑えて更紗をそっと寝かせ、自身のジャケットを脱いで被せた。それから展望台の手すりから身を乗り出す。見下ろしても、もう誰もいない。

ダメだ。今からスマホを貸してくれる人を探していては、どれだけ時間がかかるかわからない。いっそ、この展望台の窓ガラスでも割って、警備員が来るのを待った方がマシかもしれない。いやそれよりも。

「こうなったら……！」

夏希は、緊急事態にあってようやく、自分が何者であるかを思い出した。原因がわからない彼女の体調を治すことなんてできるはずもないが、助けを呼ぶことならできる。

「……よし」

どくん。駆け出そうとした夏希は、自身の胸から一際大きな鼓動が響くのを感じた。踏み出した脚は止まり、喉が渇く。唇が震える。そうなってしまう原因は夏希にもわかっていた。

手品や偶然で説明できる範囲を超えた魔法を使うのは、何かを助けるために魔法を使うのは、あの時の『ウサギ』以来だ。

今の鼓動は、あの時のことを思い出した体が拒否反応を起こしているのだ。

気持ちが悪い。吐き気がする。

「……だから、どうしたってんだ……！」

しかし、夏希は口の中に湧き上がってきた酸っぱい液体を飲みこむ。目撃者がいないから大丈夫だとか、そういうことではない。

今、ここで苦しんでいるのはほかでもない更紗だ。そして自分は魔法を使って彼女を笑わせると決めたじゃないか。

さっきの彼女の告白に、自分が答えかけていたこと。自分でもよくわかっていないあの続きが、伝えられなくなってしまうのはイヤだから。繋いだ指先の感触が、まだ残っているから。

迷うことなんてないはずだ。

「ロコ！」

夏希は展望台の端まで駆け寄り、大声で名を呼んだ。

公園内を散策、そして今はおそらく雨宿りをしていたはずのロコは、降り注ぐ雨のなか、すぐに駆けつけてきた。展望台の外壁を身軽に上り、夏希のすぐ目の前に着地する。

「君がそんな大声を出すのはいつ以来だ？　珍しいじゃな……！　わわわっ！　ど、どうしたんだサラサは⁉」

「助けを呼ぶ。リボンを！」

「りょ、りょうかいだ！」

ロコは勢いよく夏希の肩に飛び乗ってきた。彼の黒いふさふさの毛並みを引き立てるように、首に付けられている赤いリボン。それは単なる首輪代わりの装飾品ではない。使い魔たるロコの魔力を宿し、様々な魔法の触媒となる特製品だ。

　夏希は素早くロコからリボンを外し、指を鳴らして魔法をかけた。

　淡い光がリボンを包み、次の瞬間にはリボンが鳥のように羽ばたき始める。

「行け！」

　空を指差す夏希に応えて、リボンは高速で夜を貫いていく。向かう先はこのリボンに込めたメッセージを受け取れる魔女、つまりは祖母の元だ。

「……はぁ……はぁ……」

「だ、大丈夫か？　ナツキ？」

「僕は平気だよ。それより……」

　夏希は床に寝かせたままの更紗に視線を送る。彼女は、薄くあけた目で、もうろうとしているようだった。

「そ、そうだな！　サラサ！　すぐに助けが来るぞ！　頑張れ！」

　ロコが更紗に駆け寄り、みゃーみゃーと騒ぐ。前脚を振り上げ、彼なりに励まそうとしているようだ。

「ナツキ！　リリー様から返信だぞ！」

　ロコが肉球で指し示す空中には、さきほど放ったばかりのリボンが戻ってきていた。

キャッチして、込められた念を読み取る。

「……すぐ来てくれるって。……はぁ……」

あの祖母の運転する暴走気味のスポーツカーなら、下手な救急車よりよっぽど早く到着してくれるだろう。状況的にはまったく安心できないままではあるが、少しはマシになった。夏希は、力が抜けて、その場にへたりこんだ。

※※

リリーの運転するジャガーで更紗を連れていったのは、湘南総合病院だった。そこは彼女のバッグのなかから見つけた診察カードの病院である。病院の救急に彼女を負ぶっていくと、通りかかった看護師や医師が更紗の名を呼んだことからも、かかりつけの病院であることがわかる。

なにか、持病のようなものがあって、日常的に通院していたのだろうか？

更紗は駆け付けた看護師たちにストレッチャーに乗せて運ばれ、夏希は血相を変えてやってきた脳外科の医師に別室に案内され、今夜の状況説明を要求された。

「え、ええと……」

なにがなんだかまったくわからないが、明らかにただ事ではない状況だということだけは感じられる。夏希としても医師に聞きたいことはあるし、突然の出来事に困惑し、焦ってもいるのだが、今大切なのは事情を知っているであろう医師にきちんと経緯を説明することだ。

夏希はなんとか自分を抑え、落ち着かせ、今夜起こったことを医師に説明した。ただ、最後に彼女が伝えてくれたことは伏せておく。それは彼女のプライバシーだし、関係ないことだと思えたからだ。

「……そうですか。急に倒れて……ひょっとして君は、ここ数カ月よく更紗ちゃんと遊んでくれている子かな？　ええと、ギターが弾けて料理が上手な」

対面に座る医師、神里と名乗る彼がそう尋ねてきた。そんなことまで知られていることは意外だったが、更紗が自分から話してくれていたと考えると、こんな状況なのに嬉しく感じる自分がいた。

「はい。僕のことだと思います。それでその、更紗は大丈夫なんですか？」

夏希は、ようやくずっと気になっていたことを問いかけた。少しでも更紗の治療に役立つよう正確に事情を説明するべく保っていた冷静さが、崩れていく。

神里医師はしばらく黙った後に、にっこりして、ゆっくり答えた。

「ああ、そんなに心配しないで大丈夫ですよ。命に別状があるとか、そういうことではないです。今は」

「そ、そうなんですか……。良かった」

ひとまずはホッとする夏希。だが、それならいい、というものでもない。

「あの……。もしかして更紗は持病とかがあるんですか？」

「それは……。患者のことだから、私からはなんとも」

神里の表情が曇る。医師に守秘義務があるということくらい夏希でも知っているが、もしこれが軽いものであれば、今のような反応はしない気がした。軽い喘息ですよ、頭痛持ちなんですよ、貧血気味なだけです。そういう答えが返ってきてほしかった。

これではまるで、更紗が抱えている何かが、とても重いものだと言われたようなものだ。

だが、それ以上追及することはできない。夏希はただ黙りこくり、膝の上に置いた拳を強く握った。

「……君は今日はもう帰った方がいい。更紗ちゃんのご家族はこの病院に勤務している私の同僚だし、彼女のそばについているから安心していい」

神里が促したのと同時に、ノックが鳴り、同時にドアが開く。

「初美。更紗ちゃんの様子は？」

入ってきたのは、白衣の女性だった。眼鏡をかけており、三十歳前後と思われる彼女はややキツめの整った顔立ちをしており、夏希の知っている人に似ていた。そして、その性は初美。そう言えば、更紗の姉は医師だと聞いたことがあったのを思いだす。

「今は眠っています。とりあえず、すぐにどうこうなることはないでしょう。……こうなることはわかっていたことですから」

「そうか。でも一晩は様子を見よう」

夏希の目の前で行われるやりとり。当然のことながら神里医師と初美医師は事情を共有しているようだった。まるで自分だけが部外者だと言われたようで、そして実際にそうで、夏希は歯がゆさを覚える。

「君は、毬谷くんかな？」

「あ、はい。そうです」

「私は更紗の姉の、初美伊織だ。更紗を連れてきてくれてありがとう。いつも、仲良くしてくれていることも聞いているよ」

夏希の推測は当たっていた。大人の女性、という雰囲気の彼女は、少し疲れたように笑った。

「そうですか。あの……」

無駄だとは知りつつ、更紗について尋ねようとした夏希を、初美伊織は遮った。

「わかっているよ。私も、君には話しておくべきだと思っていた」

そう語る彼女の表情は、笑っていながらも哀しげだ。

「初美」

「神里先生、これは医師としてではなく、あの子の姉としての判断です。それに、状況を考えれば、毬谷くんに隠しておくのは問題があるかと思います」

初美伊織を制しようとした神里は、淡々とした反論によって口を閉ざした。

「ええと、初美……先生？ それは、どういう……」

「ああ、私のことは、伊織さん、でかまわないよ。初美だとあの子と被るだろう？ 場所を変えないか？ ついてきてくれ」

伊織はそう言うと部屋を出て、夏希を待った。もちろん、夏希には彼女についていく以外の選択肢はない。

前を行く伊織とともに到着したのは、病院の屋上だった。入院患者の散歩などにも使われているのか、ベンチや自動販売機などもあり、高いフェンスを除けば中庭のような雰囲気がある。

朝日のさす屋上には、夏希と伊織の二人のほかには誰もいない。いや、今ちょうどロコがやってきた。どこから上ってきたのか、屋上にやってきた彼は見つからないように伊織の死角である屋上の塔屋に上り、そこで『お座り』をしている。

「すまないね。こんなところまで。ほら」

伊織はそう言って、夏希に缶コーヒーを買って手渡した。喉は渇いていたが、すぐに蓋をあける気にはなれない。

「君は眠っていないだろう？　カフェインは一時しのぎにはいいよ」

そう促され、申し訳程度にコーヒーを口にする。微糖のはずのコーヒーは、妙に苦い。

「……どこから話そうかな。そうだな、結論から言うよ。更紗は、病気だ。それも、現代医学では治ることのない病気だよ」

屋上の手すりにもたれかかり、夏希ではなく朝焼けを眺めつつ、伊織は決定的なことを口にした。夏希は、なにも答えることができなかった。ただ、自身のなかに響く、ざわつきの音だけが、心の面積の大半を占めていく。

そんな夏希のほうを振り返り、伊織は穏やかな声で語り掛ける。

「君は、ナチュラルキラー細胞というものを知っているか？」

夏希は、まるで更紗がそうしたように、ただ首を横に振った。まだ、声の出し方が思い出せていない。

「そうか。まあ、そうだよな。君は更紗と同じ、社会学部だそうだしね」

夏希には、伊織が何を言おうとしているのかわからなかった。ただ、普段使うことのない、細胞という単語が会話のなかに出てきたことが、怖い。これから話されることは、更紗の病についてのことだと理解してしまっているからだ。

「じゃあ、人間が笑うことは健康にいい、っていう話は聞いたことがあるかな?」

「……本か何かで読んだことがあります。もしかしたら講義で聞いたかもしれません」

今度は、答えることができた。絞り出すようにして、聞かれたことに答える。

「うん。それはね、事実なんだ。人間は幸せを感じたり、愛する人と触れ合ったり……それによって笑ったりするとある種の神経伝達物質が分泌される。ドーパミンやエンドルフィン、オキシトシンと呼ばれるものだ」

「そういう物質が精神に作用して、ストレスを減らすとか、そういうことですか?」

夏希が聞き返すと、伊織は頷き、さらに続けた。

「それはそうだよ。でも、もっと直接的な影響もある。さっき話したナチュラルキラー細胞の話だよ。この細胞はウィルスや癌細胞を退治する力を持った……。まあ、免疫力のようなものだ。人間が幸せを感じて笑うことで、このナチュラルキラー細胞は活性化することが確認されている」

おそらく医学的な話を噛み砕いて説明してくれているのだと夏希にもわかるが、それによって伝えられようとしていることがわからない。

説明を聞いて内容は理解している。しかしこの知識を前提として伝えられる事実に、怯える。地面が遠くなってしまったかのような錯覚に、膝が震えてくる。

「笑ったら病気が治るなんて、まるで迷信みたいだけど、これは医学的な事実で、エビデンスもあることなんだ。要するに、人間の体は感情の影響を強く受けるってことだよ。……それで、更紗のことだけど」

口ごもる伊織。夏希は気が付けば缶コーヒーを強く握りしめていた。

美しいはずの朝焼けが、不気味に見える。そよぐ風が、粘りつくように重い。

そんな夏希に、伊織は告げた。柔らかな口調で、悟ったような声で。

なのにまるで、斧を振り下ろすように、銃の引き金を引くように。

「更紗は、笑ったら死ぬんだ」

そこから先の話を、夏希はぼんやり聞いていた。

内容は理解している。その病がどんなものかもわかった。

更紗の免疫力は、普通の人間とは逆に働く。つまり、幸せを感じれば感じるほど、免疫の働きが弱まり、同時に細胞が破壊される。世界的にも珍しい症例で、二十五歳より長く生きた患者はいない。

『わかった時は、大変だったよ。家族、みんなが泣いた。ずっと生きていてほしいと思った。だから、気を付けたさ』

更紗が遺伝子のレベルでこの病を抱えていることは幼い時からわかっていた。だから、彼女は医師の指示や家族の願いを受け、なるべく感情が動かないように育てられ、生きてきた。

食べ物も、観(み)るテレビ番組も、友達も、学校も、すべて更紗の感情を大きく揺り動かさないように細心の注意をはらっていた。幸福を感じれば、その分彼女の時間が短くなってしまうことがわかっているからだ。

彼女に許されていたのは、星空を眺めることだけだった。

『その結果、あの子は……、君は知っていると思うが、ああいう子になった。笑い方が、わからないんだよ。更紗は。私には、それが正しかったのかどうか、今でもわからない』

だが十八になった彼女は、家族の反対を押し切って大学に通い出し、自分の意志でコメディ映画を観たり、友達を作ろうとするようになった。

『親は反対したよ、いや今でも反対している。でも私には止められなかったし、更紗の意志を尊重するよう協力した。だから二人で家を出た。医者になっても、更紗を治してやることができない私には、そのくらいしかできなかったよ』

それまでの生き方を続けた場合の推測だと、更紗はあと数年は生きられるはずだった。

しかし、ここ数カ月で急激に病状が悪化しており、余命は一年もないだろう。

もし仮に、彼女がこれまで以上の幸せに微笑むことがあれば、その瞬間に命の火が消えてしまっても、不思議ではない。

「この、数カ月……。じゃあ……」

夏希が更紗と出会ったのは、今年の四月。そして、夏希がそれからやってきたことは。

僕がしてきたことは、更紗を。

思い返せば、更紗には妙なところがあった。ときおり、突然興味を失ったようにこちらを無視することや、足取りがおぼつかなくなること。何故それを見過ごしていたのか。

夏希は奥歯を噛んだ。そんな様子に、伊織はふっと微笑んでみせる。

「うん。そうだと思うよ。私が君に事情を話したのは、君がそばにいる時にもしものことが起こる可能性があるからだ」

夏希の手のひらから、コーヒーの缶が落ちた。屋上の床を転がり、濁った液体がこぼれていく。同時に、夏希のなかからも、何かがこぼれていく気がした。

今聞いた話は、つまりこういうことだ。

更紗は、不治の病を抱えていて、間もなく死ぬ。

それに大きく加担していたのが、ほかならぬ夏希自身である。

「……僕は」

彼女を、殺そうとしていた。

そして彼女は、僕を好きだと言ってくれた。

恋は、幸せなことなのか。もしそうだとすれば、それは彼女の体にどんな影響を及ぼすのか。

「勘違いしないでほしい。私は、君のことを恨んでなんかいないよ。むしろ逆だ。感謝している」

何も言えないままでいる夏希に、伊織は語り掛けた。

「更紗はよく君のことを話しているよ。夏希が、夏希が、ってね。わかりにくい子だけど、きっと楽しかったんだと思う。生まれて初めて、だったかもしれないくらいにね。数値の悪化が皮肉にもその証明とも言える。恋やときめきってやつも、人の幸せなんだと知ることもできたよ」

伊織は、これほど重大なことをサラリと話す。そのことも夏希にショックを与えた。

しかし考えてみれば、伊織は更紗の事情と何年も付き合ってきていて、多くの葛藤の末にこうした態度を取っているのだろう。きっと、夏希には想像もできないような感情の渦が、この人のなかにはあるのだ。

「……僕は……これからどうするべきなんでしょうか……」

情けなくも、夏希は内心の迷いと悲しみをそのまま口にしていた。これまで同様に、更紗と接していいはずがない。

伊織は夏希に背を向けて、空を眺めた。

「私にも、わからないんだ。一生に一度くらい、あの子に心から笑える時が来てほしい、とも思う。でも、やっぱり……死んでほしくない、一日でも長く生きていてほしい、とも思う」

伊織の言葉のなかには、口ごもった瞬間があった。迷いが見えた。人間は、やっぱりそんなに強いものじゃないのかもしれない。伊織は、力なく笑った。

「君に感謝しているって言ったのは本心だけど、複雑な気持ちもある。はは、医師としても、大人としても、失格だよ」

夏希は、そんなことないです、と小さく口にしたが、その声はあまりにも小さくて、きっと届いてはいなかった。

「本当は、更紗の命の期限のことだけを考えて君を遠ざけるべきなのかもしれない。あるいは更紗の願いを叶えるために君に事情を話さず、ある日いきなり更紗が死んでしまうのを待つべきなのかもしれない」

伊織はまた笑った。これは自嘲なのか、それとも諦念なのか、あるいはまた別の感情によるものなのだろうか。夏希には、わからなかった。

「多分、更紗はもう決めているんだと思う。自分の最後の生き方と……望む死に方を。無責任に聞こえるかもしれないが、君は君の思う通りにしてくれれば、それでいい。

そうするべきだと思う」

「……わかりました」

そう口にしたものの、本当はなにもわかっていない。わかるわけがない。突然突きつけられた冷たい事実に、感情がついていかない。

「うん。すまないね。急に、しかも勝手にこんな重い話を背負わせてしまって。私は更紗の姉で、あの子のことを大切に思っている。だから、悪いとは思いつつも、巻きこんだんだ。私が君にこの話をしたことも、更紗は知らない。だから悪いのは私だ。君がこのことを忘れてしまっても、誰にも責められる筋合いはないってことだけは、覚えておいてくれ」

伊織はそう言うと、夏希の肩に手を置いた。夏希は、答える。

「いえ。教えてくれて、ありがとうございました」

これは、夏希の本心だった。知らないでいるより、ずっといい。

更紗はこれだけのものを背負って、みんなから浮いた存在でいて、それでも一人で立っていた。いったい、どんな気持ちだったのだろう。どうしてそんな事情を抱えていながら普通に大学に通い、笑わせようとしてくる自分を待っているなんて言ったのだろう。

わからないことばかりで、でもわかりたくて。そのためには彼女のことを知らなくてはいけなかった。だから、伝えてくれたことに感謝している。

「君は、良いヤツだな。……私は仕事に戻るよ。君も今日はもう帰って眠るといい。徹夜しているようだし、ひどい顔だ。更紗はもしばらくは目覚めないしね」

伊織はそう言うと背中を向けたままで夏希に手を振り、階段へ続くドアをあけた。

一人残され、立ち尽くす夏希。ガラにもなく深刻な顔をして足元にやってきたロコが、心配そうに夏希を見上げた。

「……夏希、どうするんだ……？」

「わからない。でも」

でも、なんなのか。夏希には、その先が言えなかった。

※※

病院の屋上で朝を迎えた夏希は、待合室で待ってくれていた祖母に連れられ、彼女の家へと向かうことになった。

途中の車内は、海沿いを走るオープンカーとは思えないほど、重苦しい空気に包まれている。夏希は自分の心がどうなっているのかわかっていなかったし、ロコもまた、そんな夏希を前に何も話せなくなっていた。

「夏希。あの子が、お前の笑わせたい、って言っていた子かい？」

運転席の祖母が、前を向いたまま問いかけた。夏希は小さく頷き、うん、とだけ答える。

「そうかい。あの子は、よっぽどのことを抱えてるみたいだね。命に関わるようななにか、そうだね？」

祖母には、更紗と星を見に行ったところまでは話しているが、病気のことまでは伝えていない。ただ、祖母は病院までの道中、後部座席に寝かせていた更紗を見つめ、険しい顔をしていた。長く生きた経験からか、あるいは半人前の夏希よりもはるかに優れた魔法使いとしてのカンの良さによるものか、いずれにしてもこの魔女は、更紗の命の火について理解していたようだった。

そこで夏希は、わずかな希望を感じる。何故それを思いつかなかったのか、と自身に怒りさえ覚える。

「そ、そうだ！　ばあちゃんなら、魔法で更紗の病気を治せるんじゃないの⁉」

運転席の方を向いた夏希だったが、祖母はそれを無視してフロントガラスの方を向いたままだった。サングラスをしているため、表情すらわからない。

「無理だよ。軽い風邪や火傷を癒す魔法ならあるさ。でも命に関わるような病を治す魔法は、長い魔法使いの歴史をすべて繙いても、無いね」

祖母の言葉は厳しく、断定的だった。夏希は唇を噛む。

本当は、わかっていた。現代になって発見され、存在自体が広く知られていない症例の少ない病、そんなものに対応する魔法などあるわけがないのだ。

ただ、それでも。希望が見えたふりがしたかった。そしてそれは一瞬で否定される。

わかっていたことだろうが、都合よく誤魔化すんじゃないよ。

無言の祖母に、そう言われた気がした。

「あの子は死ぬのかい？」

祖母の質問に、夏希は必死にあらがった。だが、首を横に振りつつも、そんな行為に何の意味もないことくらい、知っている。

「リリー様。サラサは……」

後部座席から顔をのぞかせたロコが、更紗の病について祖母に説明する。聴き終えた祖母は舌打ちで答えた。

「最近はそんな病気があるのかい。魔法使いの天敵みたいなもんじゃないか」

忌々しそうに、吐き捨てる祖母は、イラついているように見えた。それは彼女の不器用な優しさによるものなのかもしれない。

祖母は、夏希にどうするのか？ とは聞かなかった。

夏希も、どうすればいいと思う？ とは尋ねない。

誰もが納得できる答えなどあるわけがないし、自分で決める以外に道はないとわかっているからだ。

「お前も魔法使いなら、紳士なら、どうするべきかちゃんと考えることだね」

祖母は、それだけを言った。彼女にしてはかなり孫のことを慮（おもんぱか）った言葉だ。

「その子に限らず、人は誰でもいつか死ぬ。それはそうさ。それが来月でも五十年後でも、星の時間と比べれば大差ないよ」

それは、母国を捨てて一緒になった夫、つまり夏希の祖父を失った女性の言葉としては重いものだとわかってはいる。だが、それでも頷くことはできなかった。

「……そんなこと言われても」

「ああ、そうかい。まあいいさ。ひとまずこれをお飲み」

「……なにこれ？」

「質問すればいつでも答えが返ってくると思うのは、ガキの甘えだよ」

夏希は祖母に言い返す気力もなく、言われるがままに差し出された瓶の中身を飲んだ。

急に意識が遠くなっていく。体が鉛のように重い。泥に浸かったかのように、いや体が泥に溶けてしまうかのような感触がある。

ああ、これは魔女特製の眠り薬だ。そう気づいた夏希は、強烈な睡魔に抵抗することもできた。だがしなかった。何も考えたくなかった。

※※

顔をぺしぺしと叩かれる感触。そのせいで目を覚ました夏希は、祖母の家の一室にいた。そこにベッドはあるのに、床に転がっていたらしい。おそらくは部屋に放り投げられたのだろう。普段使っていない客室だ。何故か、床の至る所に羊皮紙や巻物が大量に放置されている。

「お。起きたかい？　ナツキ。もう夜だぞ」

目の前には、肉球を振りかぶったロコがいる。夏希の目が閉じたままなら、あと一発猫パンチを繰り出す予定だったらしい。

「そっか。もうそんな時間なんだ」

夏希は上体を起こした。祖母の薬がよく効いて熟睡したためか、身体が軽い。皮肉なことに、若い夏希の肉体は健康そのものだった。

「一応、いつもの時間が来たから起こしたけど……、今日も修行するのかい？」

ロコが尋ねた。

夏希は、更紗と会うようになってから一日も魔法の修行を欠かしていない。バイトやなにかで疲れて眠ってしまっていても、決まった時間に目覚ましをかけるか、それでもダメな時はロコに起こしてもらっていた。

「修行、か」

「そこらに転がってるのは、リリー様が持ってきてくれた魔法書だ。けど……。なんだ。その……」

ロコは自分の顔を前脚で撫でつつ、言葉を詰まらせる。言いたいことはわかる。

魔法の修行を続けるつもりか？

夏希が頑張ってきたのは、更紗の笑顔を見てみたかったから。更紗に笑ってほしかったからだ。でも、その行為は彼女を害していた。これ以上、続ける必要があるのか？

夏希は、部屋中に散らばっている羊皮紙や巻物に視線をやった。祖母がそれを持ってきたのは、残された時間の少ない更紗に魔法使いとしてできることをしてやれということなのだろう。

だが、そんな心遣いに感謝する気にはなれなかった。ラテン語や英語で書かれている魔導書(まどうしょ)たちは、昨日までは希望の書物だったのに、今では呪いの文章に見えてくる。

「……そうだ。リリー様からは、まずこれを渡せって預かったけど……」

無数の魔導書から目をそらした夏希にロコがおずおずと差し出したのは一冊の本だった。表紙の文様から察するにこれも魔導書らしいが、他のものと違って紙の本の形をしている。おそらく比較的新しい魔法を記したものなのだろう。

「……なんだよ、これ……」

夏希は受け取ることを拒む気力すらなく、その本を受け取った。何かの意味があるのかと、力ない指先で数ページをめくる。

その本には、ある魔法についての記載があった。以前祖母がバーに来た時に聞いた最新の大魔法。それは、天文学者の夫を持つ魔女が前世紀に生み出したもののことで、今のところ最後にこの世に生み出された魔法だ。

おそらく、昨夜流星群を見られなかったと聞いた祖母からのメッセージなのだろう。

もし、この魔法を昨夜の自分が習得していたなら。

更紗の笑顔が見られたのだろうか。そして。

「くそっ……！」

夏希は乱暴に本を閉じた。破り捨ててしまいたい、こんなもの。結局、魔法がなんの役に立った。ただ、一人の女の子を追い詰めただけじゃないか。それも、自分みたいな適当なヤツの、勝手な自己満足で。

自分が更紗と出会わなければ、自分が魔法使いじゃなければ、自分がこんなヤツじゃなければ。

夏希は本を掴む手に力をこめた。そして、手を止める。これを破り捨てたところでなにも変わらない。そして、頭の片隅にある選択肢の一つを捨てることになるだけだ。

いくらやりきれなくても、それくらいはわかっていた。

※※

ペルセウス座流星群が見られなかった夜の数日後。夏希は湘南総合病院の一室、更紗が入院している部屋へ到着したが、ドアを前にして立ち止まった。

更紗の姉、伊織から連絡は受けている。もう体調は普通に生活可能な程度に回復、いやあくまでも小休止にすぎないが、とにかく危険な状態ではないらしい。大事をとってあと一日だけ入院させる、とのことだ。

更紗とはあの夜、あんなふうに別れたきりだし、彼女もそれを気にしているだろう。夏希としても心配ではあるし、だとすればお見舞いに行くのは自然の流れだ。それに、あれっきりでいられるわけがないし、もう一度更紗の顔が見たかった。それは純粋な願いだったと思う。

しかし。それは本当に良いことなのか。自分が彼女に会うことが許されるのか。という思いが拭えない。

差し入れにスイーツでも買おう、と思って立ち寄ったカフェでも、ティラミスを買おうとして十五分もかかった。もしこのティラミスのマスカルポーネチーズが奇跡的に美味しくて、更紗の好みに完璧に合致していたら。そう考えると、迂闊なことはできない。結局、その店ではあまり人気がなさそうなシュークリームを買った。中途半端だ。

夏希は深呼吸をしてドアをノックし、返事が来たのを確認してから入室した。

いつも通り、爽やかに見える笑顔で、だ。こういう演技が得意で、良かったと思う。

「更紗。お見舞いに来たよ。どんな感じ？」

ベッドの上の更紗は上体を起こして、本を読んでいたが、夏希の姿を認めるとページを閉じてこちらに体を向けた。

「夏希。来て、くれたんだ」

病衣を着た更紗は、思ったほど顔色が悪いわけではなかったが、肩が細くなり、以前より華奢に見えた。しかし、それで安心できるわけがない。更紗の体は、初めて会った時から死に向かって加速しており、きっと更紗は、それを隠してきたのだから。

「そりゃ来るよー。心配したじゃん」

「そっか。ごめん」

「いやいや、謝ることじゃないけどさ」

更紗の薦めに応じて、夏希は病室にあったパイプ椅子に腰かけた。前後を逆にして、背もたれに手をかけて更紗と対面する夏希。

「あ、これ差し入れ。食べる？」

夏希がイマイチそうなシュークリームを差し出すと、更紗はあとで、と答えた。

「でも、元気そうでよかった。びっくりしたよ。詳しくは聞いてないんだけど、体調悪かったの？」

夏希は更紗の状態がどういうものであるかを聞いていたが、伊織は夏希に話したことを更紗に伝えていないはずだ。夏希は、内臓が締め付けられる思いをしつつ、更紗の反応を待った。

更紗は、夏希から目をそらして、どこでもない中空に瞳をきょろきょろさせてから答えた。

「ひ……」

「ひ？」

「貧血、だって。そう、貧血。た、たいしたことじゃ、ない」

更紗の言葉は途切れ途切れだった。唇を尖らせて、口笛を吹こうともしている。音は鳴っていない。目もさっきから泳いだままだ。

「……そっか」

夏希は深く息をついて、それだけを言った。なんて嘘が下手な人なんだろう、と思う。

考えてみれば、夏希は更紗の嘘を聞いたのは初めてだった。彼女はいつも、自分を飾ったりしない人だから。人からの印象や場の空気のために自分を曲げない人だから。たとえそれで周りの人間に疎まれ、馴染めなかったとしても。

いつも気持ちをストレートにぶつけてくる人だから。

そんな彼女が嘘をついた。夏希はとっさに嘘を合わせる。こっちは、慣れたものだ。

「貧血、かー。あれだね。中学の全体朝会とかで倒れる女子いたりしたよね。ちゃんとレバー食わなきゃダメじゃん」

「レバー、嫌い」

多分、それは本当のことなのだろう、と思えた。泳いでいた目がまっすぐになったから。

「はは。僕は好きだよ、レバー。あ、レバーと言えばさ」

夏希は、レバーの話をしばらく続けた。外国の意外な調理法のレバー料理について、焼き肉屋でレバーを頼んだ時の失敗談、ロコもレバーが食べられないという話。どれも、適当なオチをつける。たいして、面白くない。もちろん、更紗はぴくりとも笑うことなく、どこか不思議そうな顔で夏希の話を聞いていた。

つまらない話が長持ちしなくなり、病室に沈黙が下りた。

病室の花瓶に何も活けられていないことに気が付いた。魔法で向日葵(ひまわり)でも出して、飾ろうかと思ったが、それもやめておく。意味がない。いや、意味がないどころか、良くない。

それを言うなら、僕はなにをしに来たんだ。一緒にいた相手が倒れたから見舞いに行く、という社会的な常識をなぞるためか？　顔を出した、という友人としてのポーズか？　もう自分は彼女を笑顔にさせることはできそうにもないのに。

「……じゃあ、あんまり長居して疲れさせちゃってもいけないから、僕は……」

自分に嫌気がさした夏希が席を立とうとした時、更紗は身を乗り出して夏希のパーカーの裾のあたりを小さく摘んだ。

「待って」

そう呟く更紗の声は、切実な響きを帯びている。夏希はもう一度座った。

「あの時、私が言ったこと」

更紗は一度俯き、それから恐る恐る、といった様子で顔を上げて夏希と目を合わせた。表情は変わらなくてもその瞳は真剣で、頬はわずかに赤い。

恥ずかしい、戸惑う、それでも。彼女のそんな気持ちが香る気がした。

「あの時っていうのは……」

夏希は言葉を濁したが、本当はわかっている。あの夜、更紗は夏希に想いを伝えた。好きだと言ってくれた。あんな状況だったし、もしかしたら覚えてないかもしれないと思っていた夏希だったが、彼女の意志の強さを考えればそんなはずはない。そして、うやむやにするつもりもないようだ。それも、彼女の率直さを考えれば当たり前のことだろう、と思える。

夏希は、あの時自分がどう答えようとしたか、今は気が付いている。もしこんな事情じゃなければ、一歩踏み出したかもしれない、と思う。それは夏希にとっては初めての経験だったが、更紗と二人で進むのなら、仮面を被った臆病者が、勇気を出せたかもしれない。

ただ、夏希は知ってしまった。自分の答えは、更紗の命と人生にどんな影響を及ぼすだろう。

恋が叶うことは、きっと幸せなことだから。

「僕は……」

「いい」

更紗は切り出そうとした夏希を遮った。ふるふる、と首を振る、いつもの動作だ。

「何も、答えなくていい。私が、ただ伝えたかっただけだから。本当は、そんなつもりもなかったんだけど。初めての気持ちだったから」

更紗はそこで言葉を止め、顎に手を当ててしばし考えこみ、こう続けた。

「漏れた？」

何故か疑問形で伝えられた気持ちは、とてもピュアだ。グラスに注いだ水がいっぱいになり、溢れ、テーブルを濡らすようにして伝えられたもの。

夏希のグラスは、これまできっと空っぽで、でも彼女と出会って水が注がれて、今は蓋をしてある。押さえつけるように、溢れてくるのを防いでいる。

ああ、僕はこんなことばかりだ。

いつもは偽物の水をばらまいて。本当の水は、押さえつけることしかできなくて。

魔法使いどころか、これじゃあ間抜けな道化だ。

夏希は、下唇を噛んだ。

「夏希と恋人同士になりたいとか、そういうことじゃ、ない」

「けど」

「私、もうすぐ外国に留学して、夏希とは会えなくなる。出発が急になるかもしれないから、突然連絡がとれなくなるかも」

更紗は夏希から目をそらし、自分の左肘のあたりを右手でさすりながらそんなことを言った。目が泳ぐのも、自分の体を触るのも、人が嘘をつく時のよくある仕草だ。

「だから。夏希の返事はいらない。今まで通りで、いい」

また仕草でわかる。今のは本心だ。彼女は、本気で、そう思っている。

「どこの国に行くの？」

「…………ふ、ふらんす」

絶対今考えた答えだ。嘘が下手過ぎる。

「そっか」

ただ、今の夏希は、世界一下手な嘘に、のっかることしかできなかった。

「告白されたのに、返事する前にフラれたの初めてだよ。ショック」

「夏希の初体験、もらった」

更紗が例の無表情ピースサインを決めた。

「はは。でも、留学まではまだ時間あるんでしょ？」

「ん」

「元気になったら、またあちこち遊びに行こうよ。更紗を笑わせるネタ、たくさん仕込んでおくからさ」

夏希も嘘をついた。

きっと、世界一上手な嘘だった。

※※

更紗のお見舞いを終えて病院のエントランスから出たところで、外庭に植わっている木の上で待っていたロコが夏希の肩に飛び乗ってきた。

「ど、どうだったんだ？」

みゃーみゃーうるさい猫だ。耳元で鳴かれるとちょっとうっとうしい。ただ、彼は彼なりに更紗のことを案じて、心を痛めていることくらいわかる。

「更紗が、嘘をついた」

「えっ。それはまた……、なんか、意外だな」

ロコの反応に、夏希は笑った。少なくとも表面的には笑顔になった。ロコも更紗を飾らないまっすぐな人だと思っていたのだろう。そしてそれは正しい。

「そんなことないよ。更紗は、自分のための嘘をつかない人だから」

夏希は肩に乗った黒猫を抱き、地面に下ろしながら伝えた。

そう、彼女は自分を良く見せたり、周囲に合わせるための嘘はつかない。でも、今日は嘘をついた。すごく真剣についた、バレバレな嘘だ。

告白の返事が要らないと言ったのは、もうすぐ留学に行って会えなくなる、と言ったのは。誰のためか。

いなくなってしまう自分のことで、その人を苦しめないために。

いなくなってしまう自分の想いを、その人の負担にしないために。

人生で初めてで、そして最後になる恋。それが実る願いも、その人に覚えていてもらう希望すらも捨てて。

「そんなの、ありかよ」

『その人』はポツリと口にしていた。無意識に言葉にした思いが、自分を動かすのを感じる。

夏希は、ロコをリュックに詰めてから停めていた自転車のカギを外した。

「こ、こらナツキ！　説明が不十分だぞ！」

「あとで話すから」

「あとっていつだ！　何時何分何秒だ！　それにこれからどこに行くんだ？　ボクは使い魔として、質問する権利があるはずだぞ！」

詰められたリュックから顔と右前脚を出し、にゃあにゃあ訴えてくるロコ。

「それはさ」

どこと問われれば、まずは祖母の家。という答え方になる。あの本に記された魔法についてもっと詳しく知るためだ。おそらくそのあとは図書館やプラネタリウム、あるいは天気予報を確認したうえで条件に合う土地に向かうことになるだろう。なんのためにと問われれば、ある魔法を習得するためという答えになる。一度は破り捨てようとした本に記されていた大魔法。科学技術が発達し、新しい魔法が生み出されることがなくなった現代において、最新の魔法。

その魔法を使うかどうかはわからない。使うべきかどうかもわからないし、その覚悟は正しいものなのかもわからないし、そもそも習得できるかすらわからない。

ただ、もし。

もし、その機会が訪れた時、更紗のためにしてあげたいと思えた時、叶えてあげられる自分でいたかった。もう、更紗にたくさんの魔法を使ってあげられない。だけど。もしも、たった一つだけ。一度だけ、使うとしたら。

自己満足かもしれない。現実逃避なのかもしれない。でもなにもせずにはいられない。

夏希は、ひさしぶりに自転車の立ち漕ぎをした。

ぐんぐん加速していく自転車は何かに立ち向かうかのように、あるいは現実から逃げ出すかのように海沿いの道を駆けた。

※※

大学の夏休みは長い。その間、学期中は話すことが多い大学の知人と会う機会はほとんどなくなる。大学に行けば自然と顔を合わせて気安く話す相手だとしても、夏休み中に会うとすれば、あえて約束をして、わざわざその人と会うためだけにどこかに行く必要があるからだ。

そして、そうした間柄は知人とは言わない。友人、恋人、そうしたものだ。

では、夏希と更紗の関係は、何と呼べばいいのか。

病室で会ってから五日後、更紗からは退院したとの連絡があった。だが、夏希はそれからも更紗と会っていなかった。

退院したばかりの彼女の体調を慮って、ということもあるが、それ以上に、自分と会うことによって病が進行してしまう怖さを無視することはできない。それが彼女を傷つけてしまうかもしれないことはわかっていても、気楽な気持ちでできるわけがない。

そして、これまではほとんど夏希が更紗を誘うことで二人で出かけてきたため、今は二人が会う時間はなくなっていた。

更紗からメッセージが来ることもあった。

〈げんき？〉

ただ、それだけ。夏希は、半日ほど考えて、やっと返信した。いつも即返信する夏希にしては、珍しいことだ。

〈元気だよ。更紗は？〉

しばらくして返信が来た。

〈げんき〉

その夏希はまた少し考えて、メッセージを作成することにした。

〈今、新技を仕込み中だよ〉

〈そっか〉

〈うん〉

〈どこか行かないかな、って思ったけど。じゃあ待ってる〉

更紗からのメッセージに、夏希は泣きそうになった。彼女がどんな気持ちでいるのかを思うと、自分に吐き気がする。だが、吐きかけたものは飲みこみ、異様に重く感じるスマートフォンを操作して、できるだけ軽いメッセージを作成する。

〈せんきゅー〉

最後には、更紗からの猫のスタンプ。〈おーけー〉

ただ、それだけのやりとり。夏希が参加しているいくつかのサークルで毎日交わされているグループチャットの十分の一以下の文字数だけど、そこにはきっと百倍の気持ちがこめられていた。短い文をスマホにフリックする指先が震えて、その震えが夏希の胸の奥の方にまで、伝わるようだった。

瞬く間に、夏は過ぎていく。

夏希は、大学の知人やバイト先のバーで知り合った人たちから何度か飲み会や遊びの誘いを受けた。きっと、彼らは夏希のことを友人だと思ってくれているし、それは嬉しいことだと思う。そしていつもの夏希なら誘いには毎回じゃなくても、適当な回数応じて、円滑な人間関係を築いてきた。しかし。

〈ごめん。お金がなさ過ぎてバイト入れまくってるから、きびしー〉

そう言って、断る。

多くの人が自分に笑いかけてくれることが好きだったたし、そんな自分でいいと思っていた。ずっとこうして、やっていくんだという予感もあった。

ただ、今年の夏は違っている。今は、それより優先させることがあったからだ。

夏希は、たった一つの魔法を習得することに、すべてを懸けていた。

気象予報士の試験を受けてもきっといい線いくほどに勉強したし、これまで貯めてきたバイト代を使ってスカイダイビングもした。タレスの哲学を学び、遠泳に励んだ。山の方まで出かけていって、滝に打たれたりもした。祖母の話では、クラシカルなこの修業は、目指す魔法の習得に効果があるらしい。

ただそれでも、手ごたえが得られない。湘南の地にときおり訪れるチャンスのたびに、目が充血して、気絶してしまうほどに集中しても、わずか一瞬たりともその魔法を発動させることができなかった。

もしかしたら、本気で使うつもりがないからなのだろうか。運命の引き金を引くその覚悟が自分にはないから、習得できないのではないだろうか。でも、それでも。

祖母は言っていた。魔法は、本気で笑顔にしてやりたいと願った時に強い効果が得られる。と。

その条件を、自分は満たしていると言えるのか。答えは出ない。

更紗とのメッセージによるやりとりは、減っていった。一日一回から、三日に一回に、一週間に一回に。

そのやりとりのなかでも更紗は自身の病状について触れることはなく、もうすぐ死んでしまうことなどまるで嘘のようだ。きっと事情を知らなければ、夏希は今でも呑気(のんき)に彼女とのやりとりを楽しんでいただろう。

だが知ってしまった。彼女が努めて『普通』であろうとしていることを知ってしまった。

きっと更紗は夏休みが終わればこれまで通りに大学にも通うだろう。周りに、誰よりも夏希には何も悟られないよう懸命に過ごすのだろう。どんなに痛くても、辛くても、哀しくても。それができなくなる最後の瞬間まで、命を懸けて。

自分はそんな彼女に今まで通りに接することができるだろうか。約束をしてどこかで待ち合わせた時、あるいはキャンパス内でばったり顔を合わせた時、微笑みかけることができるだろうか。

もしできたとしても、それはいいことなのか。彼女の命を傷つけるだけじゃないのか。

それが、怖い。だから、とても会いたいのに、会えない。言葉にすれば、まるでよくあるラブソングの歌詞のような思いが、震えるほどに切実で、泣きたいほどに残酷だった。

瞬く間に夏は過ぎていく。

夏希が焦燥にかられても、更紗の時間が減っていっても、世界は何も変わらない。ただ、日が昇り、沈み、波は寄せては返し、夏の暑さが弱くなっていく。季節の移り変わりは、誰かにとってはセンチメンタルで、誰かにとっては希望で、そして誰かにとっては、ただのタイムリミットへのカウントダウンだった。

スマートフォンに残る更紗とのメッセージのやりとりは、最後がだいぶ前のものになっていた。

気が付けば八月が終わり、九月に入り、そして、秋。

更紗は夏希に病を隠しながら、夏希は更紗の隠し事を知ってしまったことを隠しながら。夏休み中に一度も顔を合わせることもなく、湘南文化大学の後期が始まった。

どうか、彼女が死にますように

小松優菜にとって、夏休みは異常に長く感じられた。

大学一年生、十九の夏。高校時代より圧倒的に長く自由でいられるはずの夏は、楽しいはずなのに。実際好きなだけ夜更かし朝寝坊、友達との交流ができるのは最高だったけど、それでも長かった。ちょっと親しい大学の先輩、という相手との距離は、夏休みの間にこんなにも離れるとは思っていなかったことだからだ。

が、そんな夏休みも先日ようやく終わった。そして今日は水曜日。前期から引き続き取っている、生理学の時間だ。気が付かれないようにちらりと見た横の席、三つほど空席を開けたそこには、夏希先輩がいる。

前期と同じように、ドーパミンがどうだオキシトシンがどうだと話している教授の話を、前期とは違って真剣な様子で聞いている夏希の横顔は、記憶にある姿よりも大人っぽく見えた。今日だけではない、新学期が始まってからキャンパスで何度か見かけた夏希は、いつもそうだった。

それに以前のように、見かけるたびに違う人たちの輪のなかにいて、楽しそうにしている姿が、最近は見えない。

爽やかな顔立ちも、栗色の髪も、スマートな体形も変わらないけど、なにかが違う。憂いを帯びているような、そんな雰囲気。それは優菜が初めて見る夏希の姿だった。微妙な違いだったが、夏希をよく見ていた優菜には気づくことができた。

なにかあったんだろうか。

「………はっ！」

あることに思いがいたった優菜は講義中であるにもかかわらず声をあげてしまった。

「どうしたんだね？　小松さん」

すかさず講師からの指摘が入り、優菜は小声で謝る。

もしかして、夏希は失恋したのではあるまいか。そう言えば、ちょっと思い当たることがある。そうなると、優菜は気が気ではなく、講義の残りは全部聞き流すことになってしまった。

講義が終わり、夏希が席を立った。優菜は声をかけようかと思ったが、タイミングを逃してしまった。仕方がないので、尾行する。

ナチュラルに尾行するという選択肢が出てくるのは自分でもちょっとヤバいのでは、と思わなくもないが、恋する乙女なので仕方がないのだ、と自分を納得させた。そして少し、楽しい。

二限を終えた夏希は、共通教育棟を出て、東門の方に向かっていくようだ。おそらく、学食や生協ではなく、屋外でランチをするのだろうと思われた。

今日は、例の木陰、中央図書館前のベンチには行かないらしい。

夏希は、前期はある女の子と一緒にいることが多かった。大人しそうで、ちょっと不思議な雰囲気のある小柄な先輩だ。綺麗に整ったという意味でも、無表情なという意味でも、お人形さんのような人だったと記憶している。

もちろん、優菜としてはとても気になっていた。

夏希は、色々な人と仲が良くて、いつも楽しそうにやっている人だけど、特定の、しかもあんなに静かそうなタイプの違う女の人と一緒にいるというのは、アレだ。つまりアレだ。

ハラハラもしたし、自身の恋が知らない間に終わってしまったのかとも思った優菜だったが、あとから人づてに聞いた話では、付き合っているわけではない、らしい。

胸を撫でおろした優菜だが、よく考えてみると、それは本当なのかという気もする。

なにしろ『らしい』は『らしい』だ。木陰で二人で話していることも、学食で一緒にランチを取っていることもあった。

そして、これは優菜自身も感じていることだが、ここ最近の夏希は、みんなが集まるような飲み会への参加率が著しく落ちている。聞けば、夏休み中もそうだったようで『毬谷は付き合いが悪くなった』というような話も聞いた。それは、彼女ができたからとか、そういうことなのではなかろうか……。

果たして。

「ぅわっ！」

そんなことを考えながら夏希の背中を追っていた優菜は、またしても妙な声をあげてしまった。と、いうのも、夏希の進行方向から、当のお相手、名前も確認済みの初美更紗が歩いてきたからだ。初美が出てきたのは法文学部棟、そこから学食や図書館に向かうと、ちょうど夏希の進路とすれ違うことになる。

あと三歩、二歩、一歩。

先に気付いたのは夏希の方だったようだ。彼は、何故か一瞬だけぎくりとしたかのような反応を見せた。遅れて、更紗の方も気づいたらしく夏希の方に視線を向ける。

二人は足を止め、何事かを話した。夏希は更紗に微笑みかけつつ、更紗は無表情のまま首を縦に振った。短く話もしていたようで、おそらく何かを答えたのだろう。二人のやりとりはそれだけで終わり、互いに背を向けて歩き始めた。夏希の背中は、それまでより早く遠ざかっていく。

優菜の目から見て違和感があったのは、夏希の笑顔がいつもより硬かったこと、そしてあんなふうにそそくさと立ち去るのが彼らしくないこと。でもきっとそれは、優菜じゃなければ気が付かないほど、些細なことだ。

「うーん？」

今のはどうとらえればいいんだろう。

よく知らない人が見れば朗らかな笑顔で接する青年と、それに淡々と答える無感情な美少女。そんなふうに思えるだろう。別にそれほどおかしなところはない。

だが、優菜にはどこか不自然な光景に思えた。

今のやりとりはあまりにも温度を感じなかった。もう少し話しこむとか、あるいはまた後で会う約束を交わしているとか、そんな気配がまるでない。前期の二人を陰ながら知る身としては、ずいぶん二人の距離が離れたように見える。

考えこむ優菜の方に、更紗が歩んできた。

尾行している夏希とすれ違ったのだから当たり前なのだが、少しばかり焦る。たとえば実は夏希と付き合っていて、今は別れている状態だとしたら、その相手とすれ違った直後はどんな表情をしているのだろう。とも思う。もし涙をこらえているように見えたら、優菜の方がもらい泣きしてしまいそうだ。

が、当の更紗は無表情だった。少なくとも優菜の目にはそう見えた。なのに何故だろう。彼女は、哀しそうに見えた。きっと、気のせいだ。

とりあえず、優菜は軽く会釈してみた。

「？」

更紗はそれに気が付き、きょろきょろと周りを見渡し、他に誰もいないことを確認したあと、自身を指さす。不思議そうにしている表情……なのだろうか。

気まずい。気まずいのだが、優菜は答えた。

「そ、そうです！　えーっと、あの、なんだ……、良い一日を！」

口走ってから、何を言っているんだろう私は、と思うがもう手遅れだ。絶対意味不明だし、怪しい女に思われたに違いない。

しかし、更紗の反応は優菜の予想とは違っていた。

ぺこり。と深く頭を下げ返される。そして一言。

「ん。良い一日を」

※※

誇り高きマリヤの使い魔であるロコティアッカ・ファーネリア・オブ・ザ・ノーザンプール三世、通称ロコは、湘南文化大学のキャンパスをうろついていた。

使い魔という役職上、あるいは弟分である夏希の生活を見守るため、ロコはリュックのなかで夏希と行動を共にしていることが多いのだが、それはかりでは窮屈だ。

運動不足は、身体に悪い。そのため、ロコは本日も午前の講義を終えた夏希のリュックから飛び出し、大学構内をパトロール中だった。

「うむ！　いい季節になってきたな！」

そう言って、とことこと歩く。うだるような暑さが去っていき、秋の風が吹き始めたこの頃。構内の木々が色を染めていく風景は、高貴なる自分としても嫌いではない。

もう少し、パトロールを続けよう。

「それに、ナツキにも一人で考える時間が必要だろうしな！」

主人である魔法使いにして、ロコを弟分扱いする手のかかる少年。いや、もう青年となった彼の抱える物語は、重いものだ。

ロコは、多くの時間を夏希と共に過ごしてきた。必然的に更紗という女の子のことも知っていたし、彼女の持つある種の高潔さを好ましく思うようになっていた。彼女の夏希に対する思いも、夏希が更紗に抱いている思いも、微笑ましく喜ばしいと感じていた。

だからロコとしても、更紗のことを考えると、彼女が抱えている事情を考えると、左前脚の付け根あたりが痛む。

夏希は最近、一心不乱に魔法修業に取り組んでいる。何をやっているのかはロコにもわかっているが、それは迂闊に口を挟んでいいことではない、とも思う。この切実な物語の当事者は、ほかならぬ夏希と更紗だからだ。

ロコ自身思い悩むし、それは解決していない。正直言って気が気ではないので、こうして普段通りに過ごすことでそれを誤魔化している。

だが、一つだけ決めていることがある。夏希が覚悟を決めたなら、その力になってやる。これだけだ。

「む。ここは」

ロコの進路上に、中央図書館前のベンチが目に入った。昼時に木陰となるそこは、夏希と更紗がよく一緒にいた場所だ。今日のベンチには、誰も座っていない。

「はっ！」

ロコは駆け出して跳躍し、ベンチの真ん中に着地した。そのまま足を崩し、横たわる。

ここは風の通りがよく、木々の揺らめきも気持ちよく、木洩れ日も穏やかな、ロコもお気に入りの場所だった。ここに自分が陣取っていれば、他の知らない誰かに座られることもあるまい。できれば、あの二人に来てほしい。とも思う。

「あ、猫だ！　可愛い！」

「ボクはただの猫じゃないぞ！　撫でるな！　どうしてもというならもう少し下だぞ！」

「この猫邪魔だな……。座りたいんだけど」

「ボクが先に座っていただろう！　この無礼者め！」

「あ、あそこのベンチに猫がいる。お弁当のカツオ節、食べるかな？」

「……ちょっとだけなら近づいてもいいぞ！」

通りかかる大学生たちの言葉に返事をするロコだが、哀しいかな、魔法使いでない人間には、ロコの声は聞こえない。ただ、みゃーみゃーみゅーみゅー鳴いているとしか思われていないだろう。それが歯がゆい。

「まったく！　最近の学生ときたら！」

ロコは大いに憤慨し、ベンチの上で不貞寝を開始しようかと思った。その時。

「あ。君……」

ベンチの真ん中で丸まろうとしたロコにかけられた声。この声には聞き覚えがある。

ロコは片耳を上げて、声の方に振り返った。

「やっぱり。夏希の猫の……。ロロ」

「違うぞ！　ロコだ！」

「違った。えーっと……。ロコ、だ。散歩してるのかな」

「その通り！」

今のは別に会話が成立したわけではなく、たまたまである。ロコに声をかけてきたのは、さきほどから体積の小さなロコの胸を悩ませていた少女、更紗だった。透明感のある肌や静謐な可憐さはそのままだが、どことなく前より元気がないように見える。少し痩せたようだし、血色もよくないようだ。今にも折れてしまいそうな美しさが、そこにあった。

彼女はいつも通り一人で、手には生協で買ったと思われるサンドイッチがある。ここで食事を取るつもりらしい。

「レイディ、こちらへ」

ロコは紳士的にそう言うと、ベンチの中央から左に移動し、更紗の座るスペースをあけた。もし、夏希が来たら自分はベンチから下りて木に登るつもりだ。が、夏希はやって来ない。

「ありがと」

「かまないわさ」

「座るね」

「どうぞ」

実際には、にゃあ、としか音を発していないわけなのだが、さきほどと同じように会話が成立しているような気がする。更紗とは前にもそんなことがあった。思うに、彼女は相手がただの猫に見えたとしても、きちんと心からの言葉を伝えるから、結果として会話のようになるのかもしれない。ロコはそんなふうに思った。

「いただきます」

秋の気配がわずかに見え始めた木の下。なかなかのロケーションではある。しかし周囲を行く学生たちの雑踏と比して、更紗は寂しそうに見えた。少なくともロコの目には。

「あー……。なんだ。サラサ、キミはその……。体の方は、大丈夫なのか？」

みゃあ。

「？　どうかしたの？」

「あれからキミとナツキは会っていないから、つまりボクとも会っていないわけだ。ひょっとして、大学も休むのかもと思っていたのだが。平気なのかい？」

みゃあ、にゃあ、みゃー。

「なにか、話しかけてるみたい。変わった猫だね、ロコは」

ロコは更紗の感性に感心するとともに、人語を発することができない喉が恨めしくなった。仕方がないので、更紗に近づき、彼女の腿(もも)のあたりに頬を寄せる。更紗はそんなロコを抱きかかえ、膝の上に乗せた。

「心配してくれてるみたい」

やっぱり、更紗はカンがいい、とロコは思った。主人なんかよりずっとだ。

「もしかしたら、ナツキは君に寂しい想いをさせているかもしれない。主に代わって謝罪するよ。でも、わかってほしい。ナツキはナツキなりに、考えているんだ」

サンドイッチを両手に持った更紗を見上げて、鳴いてみせるロコ。更紗は、不思議そうに首を傾げた。

「誰かと一緒に食べるの、ひさしぶり」

更紗はポツリと呟いた。無表情ではあるが、夏希が見ればまた違うのかもしれない。

「話し相手くらいにならなるぞ！」

みゃあ、としか言えないロコだが、前脚を上げてそうアピールした。このベンチには二人だけで、周りの学生たちは二人のことを気にも留めずそれぞれの目的地へ足早に歩いている。何を話しても、誰かに聞かれることもないだろう。

ロコのそんな気遣いが通じたのか否か、更紗はしばらく黙ってサンドイッチを食べたあとぽつりと口にした。

「わたしね、もうすぐ、死ぬんだ」

衝撃的な、そして悲しい台詞なのに、更紗は淡々としていた。彼女が特殊な病気のせいで感情表現を失ってしまっていることを知っているロコでも、驚いてしまう。

ただ、だからと言って彼女が何も感じていないと思うほど、ロコは子どもでも愚かでもなかった。更紗が自分にこんな話をするのは、自分がただの猫だと思っているからだ。ならば、それに答えるべく、ただの猫となろう。それもまた、誇り高き紳士の生き様だ。

「……うん」

みぃ。ロコがなんとか出した声は、掠れるような鳴き声にすぎなかった。

「もうすぐ、大学に来るのも難しくなると思う。どんどん、身体が辛くなっていくのがわかるから」

サンドイッチの包み紙をリュックにしまった彼女は、ロコの背中を撫でた。プライドの観点から、人に撫でられるのを好まないロコだが、あえてそのままにさせておく。

「でもね。ううん、だから。夏希に会えて、良かったと思ってる」

更紗の滑らかな手が、ロコの背中を撫でた。人形だのロボットだのと言われる彼女の手は、とても優しい。

「君は、強いな。事実だけを言えば、ナツキのせいで君の寿命は縮まったはずだ。それなのに」

ロコは振り返って更紗の表情を見た。ほんの少しだけ、目を細めている。

「どうせ死んじゃうんだから。ちょっとだけそれが遅くなるより、笑ってみたかった。幸せな気持ちってどんなだろうって、知りたかった。だから普通に過ごすことにしたんだ」

更紗は目を閉じて、思い返すように呟く。

どうせ死んじゃう、という言葉はネガティブなものだが、そこにこめられた思いは、勇敢に思えた。彼女が同世代の普通の女の子のように大学に通っていたのも、天体観測をしていたのも、『世界の爆笑ギャグ百選』なんて本を読んでいたのも、すべて、悲壮な挑戦だった。

夏希よりもずっと早く、ずっと強く挑んでいた。

「……夏希と出会って、色々なことを教えてもらった。美味しかったし、面白かった。もしかしたら、笑えるかも、って思えた……」

声が、震えていた。彼女のうちにある感情が、寂しさが、痛さが、やりきれなさが空気の振動として伝わってくる。

なんとかしてあげたくて、でもどうすることもできなくて、ロコはただ、彼女のそばにいた。

ロコの脳裏に夏希と更紗が過ごした夏の景色がよぎっていく。学食、講義室、水族館、ライブハウス、星空の下。夏希の挑戦は、たとえ少しずつでも彼女に届いていたのだ。それは幸せなことなのか、それとも逆なのか。

「……『世界の爆笑ギャグ百選』より、ずっと楽しかった。初めて、だった」

「…そ、そうか。腐ってもナツキは魔法使いだからな！　君が……喜んでくれて……なによりだ……」

ロコの泣き声は、みゃぁ、ともにゃぁとも出ていない。まるで仔猫のように小さくみぃ、と発せられるだけだった。

「最近の夏希は、忙しそうだね」

更紗は空を見上げていた。だから、涙が止まっているのか、ロコにはわからない。

ただ、乗っている彼女の膝が、さっきから小さく揺れていた。

「夏希と、約束したんだ」

更紗はロコを抱えて、目を合わせてそう言った。その瞳は、それこそ星のように輝いている。切なくも美しい、光を湛えていた。

ロコは悟る。彼女は、自身が望んだことを、諦めてなどいない。その最後のチャンスを、夏希に賭けてくれているのだ。外的要因や、病気の進行状況、夏希との関係性、様々なことが障害になりうるなかで、ただ一心に。

更紗が口にした、約束という言葉。それが何を意味するのかはロコも知っている。そのために、夏希が今、覚悟を決めないまま何をしているのかも。

「夏希が覚えてくれてるかわからないけど。どっちにしても私は『留学』に行くよ」

更紗はまた嘘をついた。それは、とても優しい嘘だ。

初めての恋をしながら、それが叶うことも、恋した相手の心に残ることすら望んでいない。

「ほんの一瞬だけでも、輝けたらいいな、って思う。流星、みたいに」

更紗はそう言うと、抱いていたロコをベンチに下ろした。

拙い聞き手だが、ほんの少しくらいは彼女の気持ちを受け止めることはできたのだろうか。更紗はリュックを背負い、午後の講義に行くから、と立ち上がった。

つい、更紗のあとを数歩だけ追ってしまったロコに、彼女は振り返る。

更紗は人差し指を口元に当て、しーっ、と口にした。

「夏希には、内緒」

その時、ロコは再び更紗の表情を見た。夏希が望んでいた表情とは真逆のそれ。透明な雫を伴う、人間特有の表情。彼女のことを知らない人でも、あきらかにわかるほどの表情の変化だ。

ロコは、息を飲んだ。

きっと彼女は、病気のために表情の多くを失ってしまった彼女は、嗚咽を漏らすことも、号泣することもないのだろう。でも痛くないはずがない、辛くないはずがない。で
死にたくない、どうして自分だけが、そんな叫びの夜があったのかもしれない。でもそれを超えて、最後にただ一つのことを願って、でも零した、たった一滴の涙。

それはロコの知る何よりも痛ましく、切なく、儚(はかな)く、そして美しかった。

ただ、ロコがそれを夏希に伝えることはないだろう。

「……ボクは、英国紳士だ。紳士は、レディとの約束を大切にするんだ……！」

「なんだか、ほんとに答えてくれてるみたい」

更紗はロコの頭を撫でた。ロコは目を閉じて、されるがままにしてやる。

「わたし、よくここにいるから。良かったら、また来てくれる？」

更紗の問いかけ。キャンパスのここは夏希が更紗と初めてサンドイッチを食べた場所で、そのあともよく待ち合わせて、あるいはそのままここで一緒に過ごした場所だ。大学の夏休みを挟んだせいで、あるいはもっと別の理由で最近は二人がここで会うことはなくなっている。しかし、更紗はまたこの場所に来ると言う。

「もちろんだぞ！」

ロコは、さきほどの彼女と同じ表情になってしまいそうだった自分を鼓舞して答えた。きっとその鳴き声は、更紗にも力強く聞こえたはずだ。

みゃあ！　と。

※※

バー『ボーディーズ』でのバイト中だった夏希は、窓越しに見える降り出した雨に気が付いた。そこで、早上がりにしてもらえないかとマスターに尋ねる。

勝手な都合でそんなことを言い出すのは申し訳ないし、店には店の都合もあることは承知している。なので、夏希は明日の早朝に出てきて掃除を済ませるし、バイト代を引いてくれてもかまわないから、と交渉するつもりだった。が、マスターの反応は予想とは違っていた。

「ああ。客ももう来ないだろうし、別にいいぜ」

「えっ？　……言い出しといてなんですけど、あっさりですね」

「お前、ここしばらく雨が降るの待ってただろ？」

客の入っていないバー。そのカウンターでボトルを磨いているマスターは夏希の方に視線をやることなく答えた。彼の観察力に夏希は内心で驚いてしまう。

「なんだか知らねぇけど、お前にしては珍しく真剣そうじゃねぇか。ほらさっさと行けよ」

マスターのめんどくさそうな、しかし優しさのある言葉、夏希は深く頭を下げると、タイとバーコートを外してバイトを上がった。向かったのは、いつもの帰り道から寄ることのできる海岸だ。更紗と出会った場所でもある。

季節は秋、それも深夜。ここが観光地として名高い湘南のビーチであったとしても、そこに人気はなかった。夏希は砂浜を少し歩き、波打ち際のやや手前で立ち止まった。

「……ふう」

深呼吸をして、空を見上げる。雨粒が顔に当たり、見上げる先には濁った雲が映った。そこにあるはずの星々や月を隠し、空を覆うカーテンはどこまでも続いている。

あの魔法を試す、機会だ。

夏希は雨に打たれながら、もう一度これまで学んだことを思い返していく。

知識としては理解できたはずだ。もうこれ以上、自分で修行できる余地はない。

だから、できるはずだ。

そう思う。だから、これでできなければもうできないということにもなる。

それが、怖い。

「……しかし、ロコのやつ、どこ行ってんだか……」

夏希はぽつりとそう愚痴をこぼした。弟分であり、使い魔である黒猫は、最近は一人でうろついていることが多い。大学までは一緒に行っても、ふいとどこかに消えてしまう。

今にしても、名目上は主人である夏希が最新の大魔法に挑戦しようとしているのに、近くにいる気配がなかった。

「できる。できるさ」

相棒がいないため、夏希は自分でそう言い聞かせる。雨脚が強くなり、髪も服も濡れていくなか、夏希はゆっくりと右手を上げた。指を鳴らす形を作り、魔力をこめる。

指先に光と熱が集まっていく。その間、夏希の心によぎるのは更紗の顔だった。

いつもの無表情、わかりにくい怒った顔、ほんの少しだけ目を丸くする驚いた顔、口をちょっとだけあけた感心した顔、目を伏せた哀しそうな顔。

夏希がかつて見たいと願った表情は、思い浮かばなかった。想像することも期待することもできなかった。この魔法は、そのためのものだったはずなのに。

この魔法が成功すれば見ることができるかもしれない更紗の笑顔。それを思い描こうとすればするほど、冷たく残酷な死のイメージが心を塗りつぶす。

「……くっ！」

夏希は、指を鳴らした。魔力が弾ける感覚がある。弾けた光が空に昇っていく。

しかし、何も起こらなかった。

降り注ぐ雨はそのまま、砂浜とそこに立つ間抜けな魔法使いを濡らす。

失敗した。更紗を避けて、きっと傷つけて、自分で結論を出すことからも逃げて。

せめて準備だけはしていようとやっていたことすら完成しない。ただの、現実逃避になってしまった。

「……ダメじゃん……」

夏希はそう呟き、砂浜に座りこんだ。濡れた砂があちこちにまとわりつき、重い。

本当は、わかっていた。自分に、この魔法が使えるはずがない。

魔法は、誰かを幸せにしたいと、笑顔にしたいと願った時に強くなる。だからこそ、夏希にはこの大魔法は使えない。使えるわけがない。

更紗の死が怖くて、やるせなくてたまらないから。その引き金を引いてしまうことに怯えずにいられないから。

好きな人の、恋した相手の死を願えるわけがない。

今失敗した大魔法は、百年ほど昔の魔女が生み出したものだと聞いた。新たな魔法を生み出したということは、その魔女は誰かを心から幸せにすることができたということだ。

会ったこともない、どこかの天文学者の妻だったというその魔女が羨ましく、妬ましく、怒りさえ覚えてしまう。

夏希は膝を抱えた。

更紗を避けるようになって、二か月が経つ。

彼女と出会った春、共に過ごした夏が過ぎ、秋と呼ぶべき季節に入ってからは、ほとんど更紗と会っていない。

キャンパスで偶然会った時に短い時間だけ話す更紗は、日に日に体が弱っているのがわかる。痩せていき、ぼーっとしている時間が増え、陶磁器のような肌は血色を失っていくと同時に儚げな美しさを増していく。それを見ているのが辛かった。できるだけ会わないようにして現実から目をそらしていることも、辛かった。それが更紗を傷つけていることも、耐えがたいほどに苦しかった。

そして魔法使いとして中途半端に成長した自分には、彼女の生命力が消えていくのが感じ取れてしまう。

十月に入ってからは、学内でも更紗の姿を見かけることが少なくなった。彼女が講義を頻繁に休むようになったからだ。とても、嫌な予感がした。

どうして更紗がこんな目にあわなくちゃならないんだと怒りも覚えた。何故自分がこんなにも無力なのかとやるせなさも覚えた。そして今残っているのはただの哀しみだけ。

夏希には今自分の頬を濡らしているものが雨なのかほかのものなのか、わからなかった。

しばらくそのままでいた夏希だったが、ようやくのろのろとデニムのポケットからスマートフォンを取り出す。何度か着信があったようだ。そしてメッセージも入っている。

こんな時間に来る連絡には、嫌な予感しかしない。だが、だからこそ確認しないわけにはいかない。

メッセージの送信者欄には、初美伊織、とあった。医師でもある更紗の姉だ。

ぼやけた視界を拭い、なんとかメッセージを読んでいく夏希。ただ、内容が頭に入ってこない。それを、夏希自身の脳が拒んでいる。

だから拾えるのは、断片的な言葉だけだった。

退学、入院、医師として、面会謝絶、残りの時間、君には感謝してる、忘れてくれ。

文章として読むことができなくても、そのメッセージが伝えていることがわかる。更紗に何が起こったのか、これから時もなくどうなるのか、わかってしまう。

そして決定的な一文、これだけはなんとか読めた。

『これは更紗自身が決めたことだ』

夏希の胸を貫き、心を冷やすその一文。

彼女は、普通の生活を送ろうと頑張ってきた彼女は、自分からそれを捨て、残りの時間を一人で過ごすことに決めた。そういうことだ。これまで彼女がそうしてきたように、笑うことなど、ないように。距離が離れている間に、更紗はそう決めた。

そうすることは、間違ってはいない。夏希と接することがなければ、それ以外の日常でも何も楽しいことや幸せなことが起こらなければ。それだけ更紗の時間が長くなるのだから。覚悟も決意もできずにいた夏希には、いや世界の誰にも彼女の決断をとやかく言える資格などない。

劇的な別れのシーンはなかった。ただデクレッシェンドのように少しずつ関わりが小さくなっていき、一通の伝言メッセージだけで終わりだ。そうしたのは、夏希自身だ。

夏希は、血が出るほど強く、奥歯を噛んだ。鉄の味が口内に浸みていく。雨に濡れた前髪が瞳を隠し、何も見えなくなる。ざぁざぁと響く雨音、海鳴り。そして夏希自身の呻(うめ)きが、無人の砂浜に滲んでいく。

半人前の魔法使いは、笑えない少女になにもしてあげられなかった。そしてそのまま、少女から別れを告げられた。立ち向かうふりをして逃げていた自分は、それを直接聞いてあげることすらできなかった。

思い描こうとして、そしてどうしてもできなかった彼女の笑顔は、永遠に夏希の心に浮かぶことはない。

「僕は……」

夏希は砂浜に拳を叩きつけた。

もう、更紗に会うことはできないんだな。

理解はしていても、口に出すことはどうしてもできなかった。

※※

夏希の日常から、更紗は消えた。

大学で会うことはもちろん、すれ違うことすらない。最後に夏希から送っていたどうでもいいメッセージには既読表示が付かず、彼女のためにと魔法の修行をすることもない。

春より前、更紗と出会う以前の生活。それと何も変わらない。あんなことがあっても、腹は減り、眠くなり、日々は過ぎていく。そのことが夏希には衝撃だった。

大学に行き、バイトに行き、キャンパスやバーで知人たちと過ごし、くだらないことを言っては笑いを取り、笑う。お調子者で人気者、いつも通りの毬谷夏希。

ただ、誰かと一緒に笑う自分が、渇いて思えた。いや、きっと本当は、ずっと前から渇いていたのだろう。それに気が付いただけなのかもしれない。

夏希は更紗のために色々なことをしているつもりだった。でも、本当に救われていたのはどちらだったのか。

ときおり、キャンパス内で彼女の姿を無意識に探してしまうことがあった。いるわけがない。短かった彼女と一緒にいた時間を思い出して、叫び出しそうになることもあった。今、彼女がどうしているかと考えると、死んでしまいたくなる。

なんとか、それを抑える。

もう自分にできることはない。それどころか、彼女の害になるだけだ。

考えてはいけない。忘れるべきだ。何度も自分にそう言い聞かせる。

「最近更紗の姿を見ないが、なにか知らないかい？」

四限の講義を終えた夏希が駐輪場に着くと、待っていたロコに尋ねられた。ロコには、更紗の現状については話していない。

この小さな紳士の胸をいたずらに傷つけたくなかったから。

誰かに話すことで、実感を覚えてしまうことを恐れていたから。

話したところでどうにもならないし、同情されたくなかったから。

きっと、全部が正解だった。

「んー。病状が悪化したとか、そういう連絡はないよ。旅行にでも行ってるとか？」

自分で嫌になるほど、嘘が上手だと思えた。いつかは話さなくてはならない以上、まったく意味のない嘘だ。

「そうか。湯治とか、いいのかもしれないな！　ちょっと心配だから、連絡してみるといいぞ！」

ロコはそう言うと、夏希の肩に跳び乗ってきた。最近の彼は、あまりリュックに入ろうとしない。

「考えとくよ」

また嘘をついた。夏希は、ここしばらくスマートフォンをあまり触っていない。次に初美伊織から連絡が来るとすれば、その内容は高い確率で決まっているからだ。

夏希には自身のスマートフォンが、禍々(まがまが)しく恐ろしい箱に見えていた。

「絶対だぞ！」

「はいはい。でも、更紗はあんまりスマホ見ないからなー。既読つくの遅いかもしんない」

肩に乗っているロコの尻尾に頬を叩かれつつ、夏希は嘘をついた。

嘘、嘘、嘘。

死にゆくウサギの傷を癒したあの日から、夏希の人生は嘘ばかりだ。いつも仮面を被っていて、その仮面でみんなを騙(だま)して、笑顔をもらっていた。

ほんの少しの間だけ、正直でいられた時間はあった。仮面に罅(ひび)を入れてくれた女の子がいた。あの時の願いは夏希の素直な気持ちで、あの時の努力や挑戦は心からの願いだった。

でもきっと、もう二度とその時間は戻ってこない。

※※

病院での生活は、いつも変わらない。なるべく刺激がないように接してくる人たち、様々な投薬、点滴。それでも変わらず衰弱していく体。曖昧に過ぎていく日々と、残り少なくなっていく時間。そんななかでも、カレンダーは毎日見ていた。その日を、忘れないために。

もしかしたら、持たないかもしれない、そんなふうに思ったりもした。それはイヤで、すごくイヤで。怖くて、とても怖くて。

一人になると、ベッドの上で震えたりもした。眠れないこともあって、でも起き続けているほどの体力はなくて、気が付けば悪い夢を見ている。

必死だった。どうしても耐えられなくなると、色々なことを思い出した。キャンパスのベンチでサンドイッチを食べたこと、水族館に行ったこと、ライブを見たこと、ビーチで二人きりになったこと。色々なシーンでの、あの人とのこと。

そうしたことを思い出すと、じんわりとした温かい気持ちになれる。でも、そうなると、すぐに体のどこかが痛くなったり、辛くなったりする。温かさが、残りの時間を短くしていることがわかる。

だから、今日まで持ったことは、自分でもすごいと思う。スタンディングオベーションがしたい。さっきちょっとやってみた。

足が痛い。呼吸が苦しい。スタンディングオベーションをしたからじゃない。

目的地は、前はそうでもなかったのに、今はとても遠くに感じる。

帰ったら、お姉ちゃんには謝らなきゃいけないけど、もしかしたらもうそれも無理かもしれない。勝手なことをして、きっと迷惑をかけてしまった。自分がこんなことをするなんてビックリ。でもまるで激情を持っている人みたいでちょっと嬉しい。もう最後になっちゃうけど。

胸が苦しい。体に力が入らないし、体温が下がっている気がする。

でも行かなくちゃいけない。ううん。行きたい。

雨が降り出して、寒い。さっき転んだせいで、膝を切った。痛い。

膝で良かった。痛いけど。やっぱり、できるだけ可愛い顔を見せたい。見せられるかわからないけど。

寒くて苦しくて痛くて辛い。

もう嫌だ助けて。助けて。

でも、不思議となんで私ばっかりこんな目に？　とは思わない。

前はよく思っていたけど。

スゴク必死だ。びっくりした。必死って、必ず死ぬって書くんだ。まさに必死だ。

でも、死にに行くんじゃない。そうだけど。今夜はそれすらも叶わないかもしれないけど。うん普通に考えたら無理だ。しばらく会えてないし、連絡すらできてない。

覚えてくれているかもわからない。だけど、きっと、叶えてくれるって信じて。

何しろ針千本だ。飲むのはキツイと思う。

死にに行くんじゃない。殺されに行くんだ。これは全然違う。

でももしそれが叶っても少し我慢して明日死のう。致命傷を負っても、次の日くらいまでならなんとか大丈夫。うん。

目の前で死んだらビックリしちゃうだろうし。上手くやろう。

さっきからすごい物騒な台詞だ。でもこれは本当のことで、本当の気持ちだ。

幸せになりたいから。行くんだ。最後の一回でも、一秒でも、一瞬でも。

寒くて苦しくて痛くて辛くても。すごく怖くても、行くんだ。

ホントは、ただ会いたいだけかもしれないけど。

※※

季節外れの台風が接近中のその日。

その日が『その日』であることを夏希に気付かせたのは、自身で設定していたスケジュールアプリの鳴らしたアラームだった。現在の時刻は十六時。いつもなら、夏希が大学を終えて家に帰ってくる時間帯である。おそらくは移動時間も考えてこの時間に設定していたらしい。

とは言え、今日の夏希はまだ帰宅していない。大学からの帰り道、予想より早く崩れた天気のため、海沿いのバス停に自転車を止めて雨宿りをしていたところだ。

「……にゃむ。ナツキ……なんかスマホがうるさいぞ……」

昼寝をしていたロコが、リュックのなかから尻尾だけを出してめんどくさそうに振る。人に自転車を漕がせておいて寝ていたくせに、態度がでかい。なので別にロコに答えたわけではないが、夏希はアラームを止めた。

設定していたことさえ忘れていたアラーム。それが伝えているのは、今日がしし座流星群の最大観測日ということだった。何年かに一度の大発生ということで、専門的には流星群ではなく流星嵐と言うらしい。

「……そっか……」

スマートフォンの画面を見つつ、夏希は小さく口にする。設定した時は、ずっと先の機会だと思っていた日は、思っていたよりずっと近くにあった。あっという間に、その日となった。ただ『あっという間』に起こった出来事は、その日を無意味なものに変えてしまっている。

夏希が更紗と交わした約束。『また一緒に流星群を見に行こう』というそれは、もう叶うことはない。

バス停の屋根から出てちらりと空を見ると、黒い雲が空を覆っていて、湘南の海を濁って見せていた。下を見れば徐々に強くなる雨が道路に水たまりを作っている。もっとも、今となってはそんなことはもう関係がないことだ。雨はやみそうもない、念のため用意していたカッパでも被って、全部忘れて家まで走ろう。そう、決めた。

スマートフォンを操作し、アプリが健気（けなげ）に伝えてくれているスケジュールを削除すべく指先を動かす。

「あ」

夏希の指先が触れるのと同時に、スマートフォンが振動した。電話が入っている。

夏希は、反射的に通話開始の操作をしていた。そして、それに気が付いて、固まってしまう。

〈もしもし、毬谷くん……？〉

聞き覚えのある声。もっと良く知っている誰かに、少し似ている声。直接会ったのは病院の屋上が最後だが、すぐにわかった。初美伊織だ。ただ、記憶にある声よりも、トーンが暗く、そして焦りの色が見える。焦燥と憔悴、二つの感情が伝わってくる気がした。

もし、発信者が誰か確認する余裕があったら、夏希はすぐに電話に応じられたかわからない。だが、すでに電話は繋がっている。

「おいナツキ！　それは更紗のお姉さんからじゃないのか⁉」

ロコがリュックから跳び出してきた。そして夏希の手にしたスマートフォンに、耳を押し付けてくる。電話口の相手にも猫の声が聞こえたはずだ。

夏希は、背中を流れる冷たい汗を感じ、苦く重い唾液を飲み、ようやく答えた。

「はい。毬谷です。どうか……したんですか……？」

壊れてしまいそうなほど強く、スマートフォンを握り、絞り出した声は、自分のものとは思えないほど弱々しかった。

〈ああ、繋がった。……更紗を知らないか？〉

伊織の質問は、まるですがりついているかのように聞こえる。ただ、よく意味がわからない。夏希の耳には、雨の音だけがやたらうるさく感じられた。

「知らないか、ってどういうことですか？　更紗は入院しているはずじゃ」

そう聞いている。彼女は一時は願っていたことから背を向ける決断をして、静かな時を過ごしているはずだ。

〈……ああ。そうだったよ。だが、いないんだ。正午の検診のあと、病室からいなくなってしまった。病院のどこを探しても、いない。外出用の服や財布なんかも消えている〉

焦りと恐怖を懸命に押し殺して冷静であろうとする伊織。夏希は、呼吸ができなくなった。それなのに、やたらと心臓の鼓動がうるさい。どくん、どくん、と不吉で不快なリズムが体内に満ちて、鳥肌が立つ。

「病院から出て、どこかに行ってしまったということですか……？」

〈そうとしか考えられない。とてもそんなことができる身体じゃないんだ〉

絶句してしまう。夏希が更紗を最後に見てから、どのくらい経つ？　あの時点でも更紗は今にも消えてしまいそうな様子だった。入院してからはどのくらい経つ？　今はさらに病状が進行しているはずだ。現に医師である伊織がそう言っている。

息をすることが難しい。手汗のせいでスマートフォンを持っていることが難しい。

バス停の外は豪雨となりつつある。白く曇った視界とざあざあ響く雨音。こんな空の下のどこかに、更紗がいるのかと思うと体温が下がる思いがする。

「しっかりしろ！　ナツキ！」

ロコの声で、夏希はなんとか通話を続けていられた。

「それで、更紗は大丈夫なんですか……？」

バカな質問だ。大丈夫なわけがない。わかっているのに、そんなことしか言えない。

〈……正直に言えば、かなり危険だ。それで、毬谷くん。もしかしたら君のところに向かったのかとも思ったが、そうじゃないのか？〉

「い、いいえ。僕のところには、何も……」

更紗とのやりとりは、彼女に既読が付かないままで終わっている。そして、大学にも、もちろん今このバス停にもいない。

〈他になにか心当たりはないか？〉

伊織の問いかけ。夏希は首を振りかけ、そして気が付いた。

心当たりは、ある。今日は、その日だ。

思い過ごしかもしれない。いや思い過ごしならその方がいい。バス停の屋根の下までも横殴りの雨が入ってくるような状況だ。たとえ、本当に夏希の心当たりの通りの場所に更紗がいたとしても、それは無意味に終わってしまうだろう。だから。

〈毬谷くん？〉

伊織の問いかけに、夏希は答えなかった。

そうだ。そんなはずはない。約束を交わした直後、更紗はどうなった？　そして夏希はどうしてきた？　あんな約束は、もうなんの意味もないことだ。

「ナツキ！　おい！　どうしたんだ！」

ロコががなり立ててくる。これにも答えない。

いくら更紗でも、あんな約束を覚えているわけがない。そんなわけがない。

「……違う」

夏希は、誰かの質問に対する答えではなく、自分が思いこもうとした嘘を否定する言葉を口にした。

もしかしたら。そう思えてしまう。彼女が更紗だからだ。

更紗は夏希のため以外では一度も嘘をつかなかった。いつもまっすぐだった。中途半端な嘘つきの魔法使いとの約束を、そんな彼女はどうとらえていたのだろう。

〈どうしたんだ⁉ 毬谷くん……！〉

雨のせいで電波が悪くなったのか、それとも風の音で聞こえづらくなったか、伊織の声は遠くから聞こえるようだった。だが、その声は切羽詰まっていた。

夏希は考えた。どう答えればいい？

いや、考えるまでもない。あの場所にいる可能性を伊織に話すだけだ。重病人の失踪なのだから、警察が動くかもしれないし、そうじゃなくても場所やこの天候を考えれば捜索隊が出動してもおかしくはない。更紗の状態を考えれば、一刻も早く保護しなくてはならならいはずだ。

「……すみません。更紗は、もしかしたら……」

夏希がそう言いかけたが、最後まで言うことはできなかった。肩に乗ったまま通話を聞いていたロコが、スマホを前脚で弾き飛ばしたからだ。

「なっ……？ どういうつもりだよロコ！」

「それはこっちのセリフだぞ！」

バス停の外に転がっていったスマートフォンに飛びつき、通話をオフにするロコは、夏希をきっと睨みつけていた。水が嫌いなはずのロコが、雨に濡れながらもそんなことをしたのだ。

伊織からすれば、手掛かりがつかめそうになった瞬間、電話が切れたことになる。すぐにコールが入るが、ロコは肉球で器用にスマートフォンを操作し、着信拒否をした。そして前脚でスマホを踏みつけている。

「おまっ……！　状況わかってるのか？」

「君こそ、わかっているのか⁉」

「わかってるよ！　更紗が病院からいなくなったんだぞ！　それも今日！　あんな体で！　もしあの場所にいたらどうするんだ！」

「いたらどうするんだ？　だと⁉　君はバカか！」

ロコは自慢の黒毛を逆立て、怒っていた。

「な、なに言ってんだよ。……早く助けに行ってもらったほうがいいに決まってるだろ……！　どうしたんだよお前」

夏希は、これほど激怒しているロコを見たことがなかった。だから、戸惑ってしまう。

「……更紗の病状が悪化して、入院していたのを秘密にしていたことは謝るよ。ごめん。でもスマホを渡してくれよ。何かあってからじゃ遅いんだぞ」

「ボクが言ってるのはそんなことじゃないぞ！　この……バカ者！」

ロコはバス停の外から跳びついてきて、夏希の膝や胸を蹴って駆け上がり、そして、夏希の顔面を殴った。猫パンチ、と言えば可愛いが、それは言葉のイメージより痛烈で、肉球のあとが頬に残るほどの威力だ。予想もしていなかったので、夏希は尻餅をついてしまった。

「な、なにすんだよ！」

突然殴りつけられたことや、状況による焦りからロコに対して怒りがわいてきた。

「バカだからバカと言ったんだぞ！　よく考えたのか？　それでいいのか？」

「なにを考える必要があるって言うんだよ！」

「自分で考えろ！」

「じゃあ口を挟むなよバカ猫！」

「ボクはただの猫じゃないぞ！　使い魔だ！」

「いや猫だね！　それに使い魔なら主人を殴るな！」

「愚かな主君を諫(いさ)めるのが誠の忠臣なんだぞ！」

「この……！」

「なにをぅ！」

夏希はロコの頰肉を摘み、ロコはそれに抵抗して尻尾で頰をはたいてきた。こういうふうに喧嘩をするのは、子どもの時以来だった。ドタバタと暴れバス停のなかを転げまわる。

互いに罵り合うなか、ロコが叫んだ。

「ボクが言いたいのはだな！　サラサは君よりずっと真剣に考えて、それでも君と一緒にいたはずだってことだぞ！」

仰向けに倒れた夏希の顔の上でマウントを取ったロコは、泣きそうな声だった。

「ああそうとも！　もし君がサラサの居場所を誰かに伝えたらサラサは保護されるだろうさ！　そして連れ戻された病院で死ぬまで過ごすだろう！　いやもしかしたら、誰かがサラサのもとに到着した時にはもう……死んでるかもしれないな！」

ロコに馬乗りにされた夏希は、何も答えることができなかった。

わかっていなかったことに、いや意図的に目をそらしていたことに気付かされたからだ。更紗は多分、今日を過ぎれば二度と自分の意志で外の世界を歩くことはできない。衰弱しているはずの体だ。もう、本当に時間はないのかもしれない。

「……それは……」

もし、更紗があの場所に向かったとしたら、それはなんのためだ？

もうすぐ死んでしまうことがわかっていて、幸せを感じることを諦めたはずの彼女がそこに向かったのは、何故だ？

「……」

約束をした。また一緒に流星群を見に行こうと。その時にはとっておきを用意して、笑わせてみせる、と。そして約束の夜は、今夜だ。

三十三年に一度の流星群を、更紗が好きだと話した光景を二人で見ようと誓った。

「……けど……」

夏希は立ち上がることができなかった。そんな力が、湧いてこない。

ロコは、そんな夏希の上から静かに下りた。

「ボクは今初めて、紳士としての誓いを破るぞ」

そう言うと、ロコは自身の首に付けられている赤いリボンをほどいた。そしてそれを夏希に手渡してくる。

「受け取れ」

真剣な口調のロコの命じるがままに、夏希はリボンを手に取った。このリボンは、使い魔であるロコの魔力によっていくつかの効果を発揮するものだ。

「これが……」

どうしたんだよ。とは続けられなかった。

夏希の脳内に、ぼんやりと光り輝くリボンを通していくつかの光景と声が次々とよぎっていく。

更紗とよく過ごした木陰。そこには、更紗とロコがいる。

『わたしね、もうすぐ、死ぬんだ』

『でもね。ううん、だから。夏希に会えて、良かったと思ってる』

『どうせ死んじゃうんだから。ちょっとだけそれが遅くなるより、笑ってみたかった。幸せな気持ちってどんなだろうって、知りたかった。だから普通に過ごすことにしたんだ』

『夏希と出会って、色々なことを教えてもらった。美味しかったし、面白かった。もしかしたら、笑えるかも、って思えた」

『『世界の爆笑ギャグ百選』より、ずっと楽しかった。初めて、だった』

『夏希と、約束したんだ』

『ほんの一瞬だけでも、輝けたらいいな、って思う。流星、みたいに』

夏希は息を飲んだ。そこには、儚くて、でも強い想いがあった。耳に心地よく、それが今では切ない更紗の懐かしい声。それは、夏希の心のなかにしまって、鍵をかけていた記憶も蘇らせていく。

更紗は『世界の爆笑ギャグ百選』を愛読していた。あのまん丸に澄んだ瞳で、穴のあくほどあの本を読んでいた。ときおり小首を傾げ、頭を捻りながら。すごく真剣に、時には眉間にしわを寄せてあんなふざけた本を読んでいた。

笑わせてみたい、と言った夏希に待ってると答えてくれた。服の裾を摘んで、ああ、あれは、彼女なりにすがっていたのかもしれない。

新しいこと始めなきゃ、とバイトの面接を受けていた。手で口角を持ち上げて、変な顔を見せていた。

絶対いつか笑わせるから、と言った時、彼女は嬉しそうに見えた。

更紗は言った。夜空に輝く星は、永遠のものだから好きだ、と。

こうも言った。流星は、一瞬だけの輝きだから、もっと好き、と。

夏希の瞼が熱くなった。熱が、じわりと漏れて、液体となって、頬を伝わる。

僕は、更紗を笑わせたいと思った。あんなに強くそう思ったのは、初めてだった。

笑顔を向けてほしかったんじゃない。

みんなに無視された子どもの頃から、夏希は頑張ってきた。頑張って、みんなに笑顔を向けられる人であろうとした。

でもいつからか、更紗に対する感情はそれとは違っていた。彼女自身が幸せになってほしいと、笑顔でいてほしいと願った。自分のためにではなく、彼女のために笑顔を願った。

それはきっと、孤独のなかで独り立つ彼女に惹かれたから。彼女の強さが眩しくて、彼女の寂しさが悲しくて。壊れそうに脆くて、それでも前を向けるほど気高くて。静謐で、凜(りん)として、純粋で、そんな彼女のことが好きだったから。

思えば更紗の背負っている運命について知らなかった時でも、どこかでそれを感じていたのかもしれない。

ロコのリボンが見せる光景が切り替わった。さっきとは別の日だ。

『わたし、学校辞めるんだ。だから、もうロコには会えないね』

『このままだときっと、約束まで生きていられないと思うから』

『たった一度だけでも、幸せだと思って死にたい』

『変な言い方だと思うかもしれないけど』

夏希に、殺してもらいたいから。

夏希は、気が付いたらリボンを強く握り潰していた。先ほどから視界をぼやけさせているものは、拭っても拭っても消えてくれない。

更紗は賭けてくれていた。消えゆく命を感じながら、この半人前の道化を信じて、最後のチャンスだと考えてくれていた。うじうじ悩んで、逃げて、忘れようとした自分を殴りたい気持ちになる。

「……ナツキ……」

仰向けに倒れたままの夏希を、ロコは心配そうにのぞきこんだ。ロコは、夏希の知らないところで更紗の声を聞いてくれていた。なるほど、それなら殴られて当然だ。

不意に、祖母の言葉を思い出した。

すべての人間の命は、いずれ消える。それが来月でも五十年後でも、星の歴史に比べればたいした違いはない。

明日でも、一時間後でも、きっとそれは同じだ。さびしくても辛くてもやるせなくても。星座を形成する星々に比べれば、一瞬の流星のようなもの。

でも流星は、美しい。燃えて、輝いて、落ちていく流星は、美しい。

「僕は」

夏希はロコの頭に触れ、上体を起こした。そしてそのまま立ち上がる。かっこいい決意なんてできない。きっとその瞬間は泣いてしまう。いや、今だって自分が泣いているのかそうでないのかわからない。後悔しないなんて言えない。それでも、更紗の命をこのまま終わらせたくない。

やっと気が付いた。

本当は、すべて限りある命。だから流星のように輝きたいと願う。人は楽しんで、恋をして、笑う。更紗は誰よりもそれをわかっていた。だから懸命だった。

願いを叶えることなく、一度も笑顔を見せることなく、更紗が死ぬ。

そんなことは、絶対にさせない。

誰かを笑顔にするのが魔法使いの仕事だ。運命、なんて言葉は好きじゃない。だがそれでも、笑えない少女と自分が出会ったことにはきっと、意味がある。たとえそれが、彼女を殺すことになったとしても。

「僕は、行く。……ロコティアッカ、供をしろ！」

夏希はそう告げた。今だけは、弟分の黒猫に対してではなく、使い魔へと。俯いていた使い魔は顔を上げて即座に答え、夏希の肩へと跳躍した。

「仰せのままに！」

　この大雨だ。公共交通機関はあてにならない。夏希は土砂降りのなか、自転車を漕ぎ出した。強く強く、走る。

　今、僕は、世界中の誰よりも、歴史上の誰よりも、一人の笑顔を望んでいる。厳密な比較なんかできなくても、そう信じられる。

　魔法は、誰かの笑顔を願う気持ちが強ければ強いほど、その力を増すという。

　それなら。今の自分になら、きっとできる。

　僕は今日、ただ一人のためだけの魔法使いになる。

※※

　暴風雨のなか、ひたすらにペダルを踏み、回す。荒れている海を横目に海岸沿いを駆け抜け、市街地を横切り、山の方へとマウンテンバイクを走らせる。

　カッパは着ているが、叩きつけるような雨をそれで遮れているのかどうか、はっきりわからない。それでも、進む。アスリートでもない夏希だが、今は自転車レースの選手並みの速度が出ていた。電動アシストではなく、魔法によるものだ。

いつか更紗にも使った、背中を物理的に押す魔法の応用を自分に使用し、ぐんぐん加速していく。その効果は、いつもの夏希が使う魔法と比べて、はるかに大きい。

「……はぁ……はぁ……！」

「しっかりしろナツキ！　頑張れ！」

リュックは重いので捨てた。そのため、ロコは夏希の懐に入っていて、そこから必死に応援してくれている。加速の魔法の効果が上がっているのは、ロコによる魔力のサポートがあること、そして夏希自身の魔法が強くなっているためだった。

それは夏希の自転車が走る理由によるもの。夏希の心に浮かぶ強い願いによるものだ。

夜の深まりと同時に風雨の勢いが強くなっていくなか、駆け抜けていく夏希。その心に浮かぶのは、たった一人の女の子のことだけだ。

以前はバスで通った道を行き、道の傾斜が増していく。山が見え始めた。

湘南平は、ヒルクライムを行う自転車乗りのなかでは、初心者向けとされているらしい。今の自分ならきっとすぐに上りつめ、辿り着くことができるはずだ。

途中、突風に煽(あお)られて何度か自転車ごと横倒しになった。泥が付き、頬に擦り傷もできた。構っていられない、すぐに自転車を起こして、再び走り出す。

峠道に入った。脚の筋肉がパンパンになっているのがわかる。呼吸も苦しい、雨で濡れた体が風で冷えて、体温が下がっていく。魔法の連続使用のせいで、頭痛もする。それでも、止まらない。車やバイクの免許も持っていない自分ができることはそれだけだ。それに、こんな苦しみは更紗の苦しみの百分の一にもなりはしない。

「あああああああっ！」

ただ力一杯に叫び、活を入れて、走る、走る。今が何時なのかわからない。腕時計もスマホも、びしょ濡れになっているせいでとっくに壊れていた。だが絶対に間に合わせてみせる。

「お、おい。ナツキ！　見ろ！」

「……？」

懐から前脚を出して示すロコ。夏希はその先に視線を向けた。峠道の途中には、カッパを着た人が何人も立っていた。パトカーも止まっており、警察官がいることもわかった。そして、通行止めの電子表示。狭い峠道は、封鎖されていた。

「君！　止まりなさい！」

一人の警察官が、夏希の進行方向に立ちふさがり、光る誘導棒を振った。彼は夏希の速度を見誤っていたようで、このままではぶつかってしまう。夏希はとっさにブレーキを握りしめた。急激な停止に夏希の重心が泳ぎ、濡れた路面のせいもあって夏希は激しく転倒するのを避けられなかった。

「……くっ……！」

「うわっ！　き、君、大丈夫か⁉」

峠道に投げ出された夏希を、大人たちが取り囲む。夏希は彼らを避け、倒れた自転車を引き起こそうとした。

「ま、待ちなさい！　こんな天気に君は何をしているんだ！　それにこの先は土砂崩れの危険があるので通行止めになっている！」

「……はぁ……はぁ……、この先に、友人がいるんです。僕が、行かないと……」

「そんなはずはないだろう。第一、すでにそこは確認済みだ。誰もいなかったし、現在は立入禁止になっている！」

夏希は一人の警察官に肩を掴まれた。この人が職務に熱心な公務員であることはわかるし、自分のためにこうしてくれていることだってわかるが、今は煩わしい。

誰もいない、なんてことはない。更紗が言っていたことを思い出す。

秘密の場所に隠れて、誰もいなくなってから不法侵入して星を見るのだ、と。その場所がどこなのかわからないが、きっと彼らは更紗を見つけられていない。

「……離してください……！」

夏希は警察官の腕を強引に振り切ったが、そうすると他の者も夏希を止めてくる。説明している暇はないし、説明しても絶対に理解されない。なにしろ自分は今、恋した女の子を殺すために走っているのだ。

暴れる夏希を、大人たちが羽交い絞めにした。懐から跳び出して彼らにパンチをお見舞いしたロコも押さえつけられた。屈強な警察官たちを相手に、疲れ切った細身の青年が勝てるわけがなかった。

「……くそ……っ！」

らしくもなく、毒づいた夏希。こみ上げる悔しさは、そうとしか表せなかった。振り払おうとあがいてもどうすることもできず、焦燥が体を満たしていく。魔法を使って状況を打開することも考えたが、今この場で役に立つような魔法は習得していなかった。もう、どうすることもできないのか。

夏希は唇を嚙んで俯き、それでも諦めまいと考える。骨が折れても構わない、このあと逮捕されても構わない。だから、今は。

そう願った夏希の耳に、唸るようなエンジン音が聞こえた。少し遅れて、夜のはずのあたりを照らす光の眩しさが目に飛びこんでくる。

唐突な光と、それに慌てる警察官たちの声。何事かと顔を上げた夏希の視界に入ってきたのは、猛スピードでこちらにやってくるスポーツカーだった。ヘッドライトが闇を切り裂き、雨粒を照らし、まるで光の道が通ったように見える。車種はフェラーリ。見覚えがある。その車の持ち主は、魔女だ。

魔女は通行止めの直前で車をスピンターンさせ、優雅な動きで下りてきた。

「ははっ。なかなか派手なことになってるじゃないか。夏希」

「ばあちゃん……!? なんでここに……？」

「強い魔力がここらに向かっているのを感じたもんでね。それにこの道、今夜。……私はカンがいいんだよ。なにしろ、魔女だからね」

祖母は、にやりと笑った。祖母はこの先にある場所へ倒れた更紗を助けに来てくれたことがある。そして更紗の病気がどういうものであるのかを知っている。天文学の知識もあり、今夜起こる現象もおそらくは知っているだろう。そこに、これまでにない強い魔力を放つ夏希が向かう意味。それがわからない人ではない。

「……決めたんだね？」

祖母は、真剣な顔でそう尋ねた。夏希は、ただ黙って深く頷く。

「そうかい。なら、少しだけ弟子を助けてやるとしようかね」

祖母は、哀しそうにも嬉しそうにも見える顔で、夏希に頷き返した。

「目を閉じな、夏希」

魔女は右手を高々と上げた。その指先に、魔力が宿っていくのが見える。同時に、彼女は革ジャンの胸ポケットからサングラスを取り出し、かけた。風雨が吹き荒れる夜の峠道でだ。夏希はこれから起こることを理解して、目を固く閉じた。おそらくはロコも。

ぱちん。祖母のフィンガースナップが鳴り響いた。

同時に、固く閉じた瞼越しでさえ、眩しさを感じる光があたりを満たす。目をあけている者は、ひとたまりもない眩しさだろう。そこら中からあがる驚きの声がそれを示している。

これも、現代の科学なら閃光弾という形で再現ができるものではある。だが、偉大なる魔女のそれは、今ここでは絶大な効力を発揮した。

光が弱くなっていくことを感じ、ようやく夏希は目をあけた。すぐに自転車を起こし、跨る。最後に一度だけ、祖母のほうを振り返った。彼女は、冷え切った体をぐったりさせているロコを抱いている。

「なかなかロックで悪くないよ、ナツキ。波に挑む前のあの人にそっくりさ」

祖母は、今は亡き伴侶のことを珍しく口にした。あの人、それはサーファーだったという夏希の祖父のことだ。

「ありがとう。ばあちゃん」

「行きな」

夏希は魔女の端的な激励を背中に、峠を走り出した。もう、止まらない。誰にも、止められはしない。

ひたすらに走り、木々の間の細い山道を駆ける。自分でもわけのわからないことを叫び、あるいは吠えて、進む。

そして、ようやくそこに辿り着いた。夜景と星空を望む山頂付近の公園広場。ただ、前に来た時とは景色が違う。台風のために停電している場所があるのか、夜景もまばらで、空は厚い雲に覆われている。灯りも落ちており、真っ暗だ。もちろん、人影はない。

だが、夏希は確信をもって声をあげた。

「更紗――――――――――、!!!!」

そして、あの時不法侵入した展望台を見上げる。

人影が現れた。カンテラのような灯りを持っているその影は、たとえ暗くても間違えはしない。駆け出して、彼女の顔が見えるところまで走る。いつも通りの、無表情だ。

だけどその無表情には、ほんの少しだけ、ある感情が見える。きっとこれは夏希の希望から来る錯覚ではない。

間に合った。僕は、更紗に、また会えた。

※※

あの時と同じように、夏希の右側には更紗がいる。展望台の床にちょこんと座る彼女は、幸いなことに雨に濡れてはいなかった。展望台の屋根と壁が遮ってくれていることもあるが、彼女がやってきた時には雨はそれほど強くなかったのだろう。

夏希もまた、雨合羽を着ていたという体で、自身の衣服を魔法で乾かした。そんなことに力を使う気はしなかったが、そうしなければ更紗の隣に座れない。ただ、未熟者なのでほんの少しだけ生乾きだ。

夏希が巻いていた大判のストールは二人で包まれるにも十分な大きさで、季節外れの台風の寒さを少しだけ和らげていた。

風雨は弱まっているようだった。もしかしたら、台風の目が近いのかもしれない。

夏希は、声が出なかった。あれほど会いたいと願っていた相手なのに、色々な想いがありすぎて、言葉にできない。

「……夏希、傷だらけ」

先に口を開いたのは、更紗だった。夏希は、いつも彼女にそうしていたのと同じく、微笑んで答える。

「いやー、途中転んじゃってさ。まさかこんなに降るとは思わなかったよ。バスとかも止まってるし。でもすごくない？　僕ヒルクライムの才能があるかも」

「ん。夏希は色々できる男」

「更紗こそ、よく来られたね」

「まだバスがあったし、隠れてたから」

「だと思った」

「来てくれて、嬉しい。勝手に待ってただけ、だし」

「そりゃ来るよ。決まってんじゃん」

まるで、二人を囲う様々な要素や出来事など何もないかのように、ごく普通に話す。

その時間が、愛おしかった。いろいろなことを話した。

最近あった楽しい出来事や、前に読んだ本の話。とりとめのないそれは、いつまでも続けていられそうだったし、そうしたかった。

「……更紗」

だが、そうはできない。今は何事もないかのようにふるまっている更紗の顔つきや声の弱々しさが、それを伝えていた。消えゆく炎の最後の煌めきであることが、わかった。

更紗は、しばらく連絡が取れなくなっていたことについて、何も話さなかった。夏希もあえてそれを聞かない。そんなこと、もうどうでもいい。

「なに？」

ぽつりと名を呼んだ夏希に、更紗が答えた。すごく近くで、目と目が合う。互いの瞳に、互いが映っているのがわかる。

「約束、覚えてる？」

「ん。でも……」

立ち上がり、手を差し伸べた夏希に、更紗は戸惑った。彼女の視線が、ちらりと空を向く。いくら星が降ったとしても、それは厚い雲の上の出来事になってしまうと感じているのだろう。

それでも彼女がここに来たのは、それ以外に懸けるものがないから、もう時間がないからだ。そして、夏希がここに来ると信じてくれたからだ。

だから。僕がそれを叶えてみせる。

「大丈夫。来て」

遠慮がちに差し出してきた更紗の手を取り、繋いだままで立つ。

夏希は、空を見上げた。

「星は、見えるよ」

そう言って、手を繋いでいる人の横顔を見つめる。彼女は、手を握り返して答えた。

「あの不思議な力を、使うんだね」

「……知ってたんだ？」

「ん。知ってた」

少しだけ、驚いた。上手くやっていたつもりだが、いつから気づかれていたのだろう。だが、聡明な彼女のことを思えば、バレていても別に不思議ではないな、という気もした。そして、それならそれで別にいいとも思えた。

二人の関係は、なにも変わらない。彼女は、ウサギを癒した自分を拒絶した人たちとは違う。

「そっか。今度のやつは、とっておきだよ。絶対、笑わせてみせる。だからきっと、更紗に披露するのはこれが最後になる」

　夏希は震えそうになる自分を必死に抑えて、優しくそう伝えた。右手に感じる更紗の握力が、少しだけ強くなったのを感じる。今夏希が伝えた言葉は、更紗の笑顔の先にあることを知ったうえでの発言だと、彼女も気が付いたのだろう。

「知ってたんだ」

「うん。知ってたよ」

　右手の震えが、自分のものなのか更紗から伝わるものなのかわからない。ただそれでも、繋いだ手は温かかった。二人で同じ空を見上げているから、見つめ合っているわけではない。でも、通じている気がした。

　わずか一瞬の光。決意と、それに応える覚悟。

　他の誰にも理解されなくても、二人で一緒にその時を迎えるために。

「せっかく、留学するとか嘘ついたのに」

「あはは。あれ、バレバレだったし」

　更紗は、もともとこの約束を果たしたあと、夏希の前から消えるつもりだったのだろう。真実を隠して、夏希を傷つけずに。バカだ、と思う。そうはさせない。

この嵐の先には、星降る空がある。流星が願いを叶えてくれるというのなら。

どうか、笑顔で。どうか、彼女が——

最後まで言葉にするには物騒すぎる願い。だけど心からの真実。

「実は、成功したことないんだけどさ。多分、大丈夫だと思う」

「うん」

夏希は、左手をゆっくりと空に掲げた。多分、とは言った。でも本心は違う。

きっと、できる。更紗を笑顔にするチャンスは、たったの一度だけ。想いがそれを叶えるというのなら、できないはずがない。命を懸けた気持ちが、それに応えた願いが、届かないはずがない。

自分のための微笑みがほしいわけじゃない。誰かのために、笑顔にさせたいんだ。

それが、わかった。

「僕は、魔法使いだから」

夏希はそう口にすると、掲げた左手の指を鳴らした。

魔法の力が弾けて、青く清浄な光が溢れ出す。輝きが、空へと昇っていく。オーロラのように見える光が、厚い雲を包んでいく。風がやんでいく、雨の粒が消えていく。雲が、波のように引いていく。

　そして。

「わぁ……」

　更紗が小さな感歎の声をあげた。展望台の端まで駆け出して、身を乗り出して空を見つめている。夏希もそれに続く。

　二人が見上げた空には、遮るものが何もなくなっていた。夏希が何度も読み返した本に記されていた魔法、『嵐を晴らし、澄んだ夜を作る』。それは、たしかに届いていた。台風の目に入ったからか、それとも強い願いが効果を最大限に高めたのかは知る由もない。ただ、その夜空は、ほんのわずかな淀みすらなかった。

　藍色のキャンバスに描かれた無数の光。

　更紗が永遠と伝えたそれは圧倒的な玲瓏さを放つ。

「更紗、あそこ」

　夏希が示したそこには、一筋の光がよぎっていた。一つ、また一つ。そしてあっという間に、全天を覆うほどの、煌めきが流れていく。永遠からは程遠いただ一瞬の輝き。

夜空を燦々(さんさん)と彩る、流星の雨。

三十三年に一度の夜を、曇りなき澄んだものに変えたことでのみ目撃することができる静かで美しい嵐。そしてそれを見上げる人の横顔は、夏希がこれまでに見たどんなものよりも強く深く、響く。

「すごい」

「すごい」

「ほんとうに、すごいね」

「ん」

ボキャブラリーの大半が消えた、そんな表現しか出てこない。だが、どんな美辞麗句を重ねても、きっとこの夜空を表現することはできない。だから、僕たちはこれでいい。

流星は、小さな宇宙の塵(ちり)が地球の大気に触れたことで発生するプラズマの光に過ぎない。それははるか彼方の星々と比べれば本当に一瞬の煌めきに過ぎない。だが、それでもそれが輝いていることは、何にも代えられない光であることは、絶対に尊いことだ。そう信じられる。

百年の時も、一秒の時も。浮かべる微笑みに等しく価値があるように。

瞬きに過ぎないすべての命に、輝きと意味があるように。

「夏希」

更紗の呼びかけに応えて、彼女の方を向く。更紗は、両手を体の後ろで組んで夏希を見つめていた。

無数の流星がまたたく夜空を背景にした彼女は、ふわりと表情を柔らかくしていき、そして。

更紗は、笑った。

優雅な微笑みではない、穏やかな微笑でもない。まるで、小さな子どもみたいに、顔をくしゃくしゃにさせて、瞳を輝かせて、口元をほころばせて。

ただ、笑っていた。

その笑顔は、彼女の普段の印象とはまるで違っていて、眩しくて、見ている方まで楽しくなってしまう。それはきっと、更紗の本来の笑顔、なのに生涯ただ一度きりの笑顔。

「……更紗、今自分がどんな顔してるか、わかる？」

夏希は、胸のなかにある形のない容器が急速にいっぱいになるのを感じながら尋ねた。

「うん。さすがは夏希。チャレンジ、成功だ」

更紗は照れくさそうに、へへへ、と口にした。それは、年相応の女の子に見える。ただしとても魅力的な、絶対にモテること間違いなしの女の子だ。これを目にしたのが自分だけなのが、残念で、そして少し安心してしまうほどの、女の子。

「わたし、幸せだよ」

更紗は、大切な宝物がそこにあるかのように胸に手を当て、優しく言った。彼女は、嘘はつかない。夏希はそれを誰よりも知っている。

「できれば、まだ死にたくないし、夏希と一緒にいたかったけど。でも良かったって思える。だって、笑えたから」

更紗らしからぬ、いや、本当はきっと更紗らしい元気で力強い言葉。夏希は耐えられなくて、更紗を抱きしめた。

「夏希？」

「うん」

「どうしたの？」

「うん」

「会えて良かった」

「うん」

「……私の真似だ」

「うん」

　夏希は、もう何も言えなかった。だからまるでいつもの更紗のように、一言だけで答える。抱きしめた、すぐそこにいる彼女は今も笑っていて、頬は桜色に染まっていて、温かい。今は、まだ。

　感じるのだ。更紗の体から温度がなくなっていくことを、胸から伝わる彼女の鼓動が、弱々しくなっていくことを。

　彼女は、笑った。幸せだと言ってくれた。その事実が彼女の命にもたらすことを知っている。きっと、彼女に明日は来ない。覚悟はしていた。それでも。

「痛いよ、夏希」

「うん」

　声には、涙の色が混じっていた。

　星が降る夜、この腕の中で大切な人の火が消えていく。同時に夏希の体に、これまでにない強い魔法の力が宿っていく。夜はまだ澄んだままで、嵐は戻ってこない。

『誰かを笑わせてやりたい、そう強く思えば思うほど魔法の力は強くなる』

魔女はこう言っていた。夏希が感じる魔法の温かさが、更紗の幸せを思う願いの深さとそれによって失われる命の重さを伝えていた。力を失っていく更紗から、光が漏れ、それが夏希の体を包む。これは魔法の光だ。

夏希は、乱暴に目を拭い、一度深呼吸した。最後に、最期に伝えなくちゃならないことがある。あの時言えなかった答えだ。たとえ答えの先がないとしても、それが叶わないとしても、伝える意味がないなんて誰にも言わせない。

一瞬の光。流星のような煌めき。ほんのわずかな時間でも、懸命にそれを求めて。

「僕は、君が好きだよ。ずっと、一緒にいたい」

言葉にすると、体中の力が抜けた。震えも止まり、まっすぐに声にできた。当たり前の、自然なことを、伝えられたから。

抱きしめた更紗が、夏希の背中に手を回した。きゅっと力がこもるのを感じる。

「ん」

更紗は最後にそれだけを言い、そっと目を閉じた。たった一音の、だけど何万文字ものラブレターのような、答えだった。

夏希が背に感じていた更紗の腕の力が消えた。彼女の全身が脱力し、かくんと体重を預けられる。

更紗の体から感じていた温もりが、消えていく。

その重さが、その温度が、夏希に終わりを伝えた。

これが、毬谷夏希が笑わない女の子、初美更紗を殺すまでの物語だ。

※※

急に嵐が晴れ、降り注ぐ星が全天に現れる光景を目にしたロコは、事態を悟った。

「間に合ったんだな。ナツキ」

ぽつりと、そう口にする。ロコが今座っている場所は、敬愛するリリー・マリヤの愛車フェラーリのボンネットの上だ。リリーもまた、車にもたれかかるようにして立ち、空を見上げていた。

豪雨で濡れていた車体を一瞬で乾かしたリリーの魔法はやはり偉大ではある。だが、今この瞬間においては、長年共にした弟分が叶えた光景に、ロコの心は奪われていた。

「なかなか見事なもんさね」

リリーもそう言うと、小さく口笛を吹いた。彼女がナツキを褒めるのは珍しいことで、いつもであればロコも大喜びするところなのだが、今はそんな気分にはなれなかった。誇らしくはあっても、美しくはあっても、それでも切ないから。ナツキの前では気丈にふるまっていたけど、ロコ自身、サラサを友達だと思っていたから。

この星降る夜は、ナツキがサラサにあげた最後のプレゼントだ。そう思うと、猫であるロコの肉体の構造上出ないはずの水滴が目から落ちそうになる。

二人が過ごした日々を近くで見てきた。サラサが変えたナツキを、ナツキが変えたサラサを知っていて、そんな二人が好きだったから。

あれだけの嵐を澄んだ夜に変えるためには、強い魔法の力が必要だったはずだ。そしてそれをナツキはサラサの笑顔のために叶えた。どれだけの想いがあったのか、わかる。

サラサは最後の瞬間、笑ってくれたのだろうか。

せめて、そうあってほしい。たとえ、その結果が永遠の別れだったとしても。

「リリー様。ナツキの魔法は届いたでしょうか。サラサを笑顔にすることが……できたのでしょうか？」

ロコは、すがるように尋ねた。そうせずにはいられなかった。

「知らないよ、そんなことは」

リリーは、あっさりそう答えた。夜だというのにサングラスを外していない偉大なる魔女は、それゆえ瞳が隠れていて表情がわからない。

「ただね」

しゅん、としたロコの頭を、リリーが撫でた。見上げると、サングラスに覆われてない部分から、表情がわかる。リリーは口角を上げて、にやりと笑っていた。

「誰かの笑顔を願う心そのものが、魔法なのさ。それを受け取ったあの子が、命が消えていくなかでさえ笑えたなら。たとえ一度きりの笑顔だったとしても、いいや、一度きりの笑顔だからこそ――」

魔女はすべてを語らない。でも、ロコには続きがわかった。

――それは、本当に幸せなことさ――

※※

そして、これが新しい物語。これから始まり、続いていく物語。

夏希は二つのことに気が付いた。腕の中にある温もりが、消えてしまいそうだったものが、今はある。ほんのわずかだけ。でも確実に。

抱きしめた体の奥に感じる鼓動が、囁くようなそれが、触れ合った胸から伝わってくる。

「……これって……」

淡い光が、腕のなかにいる更紗を包みこむように溢れた。これは、魔法の光。

指を鳴らすこともなかったのに、世界がそうせよと命じたように生まれいずる力。

更紗のために様々な魔法を習得したはずの夏希が、感じたことのない波動。

温もりと鼓動は、次第に輝きを増していく光と同調するように、力強さを増していく。

どくん。どくん。

生きている、生きていく。更紗の体が伝えるリズムが、そう語っている。

澄んだ夜は冷たくて、でも腕のなかには温もりがある。

都合のいい錯覚なのか、いや、そうじゃない。

降りそそぐ星の群れのなかでもひときわ輝く一筋の光が落ちるのが見えた瞬間、夏希の心に、誰のものかもわからない声が聞こえた。

『魔法使いが、誰かを心から幸せにできた時、この世界には新しい魔法が生まれる』

夏希が更紗のために習得したのは、『嵐を晴らし澄んだ夜を作る魔法』だった。これを生み出したのは、百年ほど昔に生きた魔女。彼女は、天文学者の妻だったという。

魔女は、誰を幸せにして新しい魔法を生み出したのか。何故、生み出した魔法は嵐を晴らす力を持っているのか。

夏希は唐突に理解した。

その魔女が幸せにした相手は、きっと夫だ。魔法使いと、魔法使いが幸せにしたいと願った相手。その二人の願いはともに星を見ることだったのだろう。新しく生まれた魔法は、それを叶えるためのものだった。

では夏希と更紗、二人の願いはなんだったか。それはとてもシンプルで、でも絶対に叶わないと知りながら最後に口にしたこと。祈りにも似た告白。

「……なつき……？」

声が聞こえた。静謐な夜に鳴る楽器のような声、もう二度と聞くことがないと思った声。

夏希は、不思議そうに目をあけた彼女を再び強く抱きしめた。少し遅れて、更紗の腕にも力がこもる。夏希の胸元が、温かな雫で濡れていく。

嵐の空を切り取るようにして作られた澄んだ夜の下、二つの影が寄り添う。

寄り添う二人は、まるで命を確かめ合うように。

嵐を晴らす魔法はいつまでもは続かない。だから、幾筋もの輝きが空を彩る静かな夜は、もうすぐ消える。

「もう少し、このまま」

だからそれまでは、このまま。彼女が好きだと言った流星の下、二人でいよう。

そして、それから一緒に帰ろう。とてもささやかで、でも叶うはずのなかったそんな願いが、今はすぐそばにある。

生涯一度だけの想いは、たった一瞬の輝きを求めた決意と覚悟は。

最後の瞬間の笑顔と、二人の願いは。

百年の時を超えて、この世界に新しい魔法を生み出した。

※※

多くの人にとっては嵐の夜だったあの日から、しばらくが過ぎた。

夏希は、湘南文化大学の中央図書館前にあるベンチに座って本を読んでいた。明日からは冬休みに入るため、行きかう学生たちもどこか楽しそうだ。

「……あれから一か月、か」

夏希は、図書館から借りてきたギャグの本を閉じ、そう口にした。後から知ったことだが、この本は七五〇〇円も払わなくても、大学図書館で借りることができたのだ。ここに座って本を読んでいるのは、一人で散歩に行った相手を待っているからである。そういうところは、やっぱり猫っぽいと思う。

さきほど、下級生の小松優菜から飲みに誘われた。なんでも学科の親睦を深めるための忘年会とのことらしい。少し考えたが、断った。最近は、サークルや学科の付き合いで出かけることはかなり減っている。常に無理してみんなを笑わせる人気者であろうとしなくても、普通に付き合っていけることがわかったからだ。

最近、落ち着いたな、なんて言われることもあるけど、これはこれで自分の素顔だと思っている。たまに、小さな魔法を使って落ちこんでいる人を笑わせたりすることは続けているし、ときにはジョークも言う。それでみんなも自分も笑うけど、その時の夏希の笑顔は前ほど渇いてはいない。知人は減ったけど、友人は増えた。

それは、彼女との出会いと過ごした日々によって、起きた変化だった。あの頃の彼女は、もういない。

季節が秋から冬に変わり、このベンチの傍らに植わっている木が葉を落としたのと同じように、いなくなってしまった。それが寂しくはあるけど、それでも人生は続く。

「遅いな」

夏希は一度閉じたギャグの本を再び開いた。ブリティッシュジョークをいくつか読む。少しだけくすりとしたけど、これなら自分のほうが面白いことを言えそうだとも思う。

ふと、本に影が差した。待っていた相手が、座っている夏希を覗きこんだのだとわかる。

「ごめん。遅れた」

彼女は、息を弾ませていた。走ってきたのだろう。たしかこの前に彼女が取っている講義は西洋史で、そこのグループワークで友達ができたのだと言っていた。その友達と話しこんでいて遅れた、とかなのかもしれない。

「大丈夫だよ。これ読んでたし」

「えっ。なんで夏希が持ってるの？」

「図書館にあったんだよ」

「……七五〇〇円……」

「ははは」

夏希は、過去の出費を痛む彼女をからかうようにして笑った。

「これ、結構面白いよ。これとか」

「私は意味がわからなかった」

「いや、これはさー。イギリス料理についての知識があることが前提のジョークで……」

夏希がそう説明すると、彼女はああ！　と納得し、それから頭を捻る。数秒して。

「あ、そゆこと。ふふ、ちょっと、面白い」

やっとジョークを消化したのか、小さく笑った。

最近の彼女は、これまでの分を取り戻すように、美味しいものや楽しい話で微笑みを浮かべてくれる。まだ慣れていないからぎこちないこともあるけど、それでも以前の彼女からは考えられないことだ。

あの頃の彼女は、もういない。

どうか彼女が死にますように。あの夜、流星に願ったことは、叶った。

笑うことのできなかった彼女は、夏希の魔法で死んだ。

「よし、じゃあゴハン行こうか？　何食べる？」

「夏希の、サンドイッチ……！」

「またー？」

「また」

夏希は意外と、いや前からわかっていた通り頑固な彼女に苦笑いすると、並んで歩き始めた。途中、ロコがやってきて、夏希の肩に無断で乗っかり、更紗がそれを撫でる。

きっと、こういう時間は来週も、来年も、たとえ少しずつ変わっても、繰り返されるのだと思う。

それは奇跡だ。ある意味では悲壮な覚悟と決意をあざ笑うかのような、でも幸せな奇跡。

彼女を蝕んだ病を治す魔法は、それまでの世界には存在しなかった。だが、魔女は言った。

『誰かを幸せにしてやりたい、誰かを笑顔にしてやりたい、そう強く思えば思うほど魔法使いの力は強くなる』

『新しい魔法が生まれるのは、魔法使いが、誰かを心から幸せにしてやれた時なんだよ。まるで、その誰かを笑顔にできたご褒美みたいに、人々は世界から新しい魔法をもらえるのさ』

その時に生まれる魔法はどういうものなのか？　魔女はそれについては明確に教えてはくれなかった。多分、知ってしまえば純粋な気持ちで彼女の笑顔を願えないと判断されたからなのだろう。そしてそれは正解だ。知ってしまっていたら、夏希はあれほど純粋で強い気持ちは持てなかった。きっと、奇跡には届かなかった。

しかし、今の夏希は知っている。

世界に新しく生まれる魔法は『二人の願い』を叶えるもの。

星の降る夜、更紗は幸せだと言った。

たった一度の笑顔の代償に命を失うと知りながら、いや、知っていたからこそ、その笑顔は、二人が作り出した真実の幸せだった。

ずっと一緒にいたい、そうも言った。叶わないと知っていてもなお、真実だった。

偶発的で、都合のいい結末。

だけどきっと、古の時代にはよくあったこと。

なにしろ魔法使いだ。魔法使いは奇跡を起こす者だったから。すっかり奇跡の起きなくなった現代でも、たまにはそういうこともある。

「んー……」

寒い、と口にして、マフラーに顔をうずめて歩く彼女。夏希はこっそりと彼女の周りの空気を暖めた。大魔法なんかじゃない。温度が一℃上がるだけ、いつも通りのショボい魔法だ。

でも、それでいい。誰かの笑顔を願う気持ちが魔法の源で、それを使う者が魔法使いと呼ばれるのなら。

今は、胸を張って名乗れる。道化じゃない、半人前でもない。

僕は毬谷夏希、魔法使いだ。

あとがき

こんにちは。喜友名(きゆな)トトです。初めましての方は初めまして、おひさしぶりの方はおひさしぶりです。このたびは本書をお手に取っていただきありがとうございました。

……あとがきですね。何書きましょうかね。小説自体を読まずにあとがきから読まれる方もいらっしゃるでしょうから、ネタバレしない程度に本作について少し話します。

どうでしょう？ このタイトル。そして本の裏に書かれているあらすじ。本全体の雰囲気がめっちゃそれっぽくないですか。こう、若手人気女優さんが主演してて、流行(はや)りのＪポップが主題歌で、相手役のイケメン俳優さんがヒロインの名前を叫ぶシーンがＣＭで流され、『その恋に、日本中が涙した』とかっていうキャッチコピーが作られる映画の原作小説っぽさありませんか。

正直に言えば、本作はそういう感じを作ろうと思って企画した小説でした。でも、書いていくうちに当初予定していたのとは少し違うものになったと思います。なんというか、書いてる人の、つまり私の持っているなんらかの部分が無意識に反映されたからなのでしょう。だから『あー、ああいう系ね』と思って読んでいただいていると、いい意味で裏切ることができるのではないかと思います。すでに本文を読まれた方、どうだったでしょうか。感想をいただけると嬉しいです。ＳＮＳのメッセージでもお手紙でも。

　さて、このあとがきを書いているのは二〇二一年の一月です。気軽に外出することができず、どことなくどんよりとした哀しさが世間を覆っているような気がする今日この頃。

　私自身も現在は本業の仕事を休んで、最近増えた同居人たちと一緒に引きこもり気味の毎日を送っています。悲しいことを経験した方もいらっしゃることでしょう。でも、そんななかでも人々は生きていくし、誰かを想うし、笑います。そこには幸せがあります。本作ではそういうことを、書こうとしたのかもしれないですね。と、まあそんな感じの話でした。あとがきだけを書店で立ち読みしてる方、気になったら買ってください。それでは最後にこの場をお借りして謝辞を。

　親愛なる二人の同居人、いつもお世話になっている家族や友人、長期休業を許可してくれた職場の皆様、版元であるＫＡＤＯＫＡＷＡ様、編集業務を担当していただいたストレートエッジ様、素敵なカバーイラストを描いていただいたイラストレーターのふすい様、ＳＮＳなどで楽しく絡んでくれる皆様、そしてこの本を手に取っていただいた貴方。皆様のおかげで本書を書き上げ、出版することができました。誠にありがとうございます。

それでは、さようなら。またいつかお会いできることがあれば幸いです。

<初出>

本書は書き下ろしです。

この物語はフィクションです。実在の人物・団体等とは一切関係ありません。

メディアワークス文庫

どうか、彼女が死にますように

喜友名トト

2021年3月25日　初版発行
2021年5月15日　再版発行

発行者　青柳昌行
発行　株式会社KADOKAWA
〒102-8177　東京都千代田区富士見2-13-3
0570-002-301（ナビダイヤル）
装丁者　渡辺宏一（有限会社ニイナナニイゴオ）
印刷　株式会社暁印刷
製本　株式会社暁印刷

●お問い合わせ
https://www.kadokawa.co.jp/（「お問い合わせ」へお進みください）
※内容によっては、お答えできない場合があります。
※サポートは日本国内のみとさせていただきます。
※Japanese text only

※定価はカバーに表示してあります。

Printed in Japan
ISBN978-4-04-913637-1 C0193

メディアワークス文庫　https://mwbunko.com/

本書に対するご意見、ご感想をお寄せください。

あて先
〒102-8177　東京都千代田区富士見2-13-3
メディアワークス文庫編集部
「喜友名トト先生」係

メディアワークス文庫

いなくなる人のこと、好きになっても、
仕方ないんですけどね。
三日間の幸福
三秋縋
イラスト／E9L
どうやら俺の人生には、今後何一つ良いことがないらしい。
寿命の"査定価格"が一年につき一万円ぽっちだったのは、そのせいだ。
未来を悲観して寿命の大半を売り払った俺は、
僅かな余生で幸せを掴もうと躍起になるが、何をやっても裏目に出る。
空回りし続ける俺を醒めた目で見つめる、「監視員」のミヤギ。
彼女の為に生きることこそが一番の幸せなのだと気付く頃には、
俺の寿命は二か月を切っていた。
ウェブで大人気のエピソードがついに文庫化。
（原題：『寿命を買い取ってもらった。一年につき、一万円で。』）